L'amour impossible

Moussa Ould Ebnou

L'amour impossible

Roman

Diwan Editions
Nouakchott

ISBN 979-10-97142-05-6

Table des matières

1

Adam

Le Père attendait depuis deux heures ; un instant presque imperceptible dans l'éternité du temps chronologique, une éternité dans l'âme de celui qui attend son clone. Tous les moyens habituellement mis en œuvre par le Centre pour calmer l'impatience des futurs pères n'ont eu aucun effet sur ses nerfs. Pourtant, il s'agissait de méthodes élaborées à partir d'une connaissance approfondie de la psychologie du futur père, une sorte d'accouchement sans douleur à son usage. Il était assis dans un fauteuil confortable, qui se déplaçait de façon continue dans la salle d'attente, afin de lui éviter de tourner en rond ou de faire les cent pas. On connaît en effet la manie des futurs pères, qui consiste à tourner en rond en attendant l'heureux événement. Un androïde était venu lui apporter une cigarette fabriquée spécialement pour ce genre d'occasions, qui régénérait de ses cendres. À chaque allumage, son taux de nicotine et de goudron diminuait, sans que le goût du tabac s'en trouve altéré. Ainsi le futur père pouvait satisfaire son envie, sans pour autant s'empoisonner. Tout en fumant sa cigarette éternelle et en faisant les cent pas dans son fauteuil mobile, il regardait défiler sur les murs tapissés d'écrans, les images publicitaires vantant des produits pour nouveau-nés. Les publicités étaient entrecoupées de séquences montrant les différentes étapes du clonage.

Un souvenir précis lui revint à l'esprit : celui du rire étrange de l'androïde qui s'occupait de lui depuis son arrivée au Centre. Cela commençait par la détente des lèvres, plus perceptible sur la lèvre supérieure et les commissures, découvrant une mousse blanche sculptée. Puis, de la bouche, venant du fond de la gorge, sortait un souffle qui croissait et résonnait comme le son extraordinaire des cris sacrés des hommes d'Arcadie, au moment de leurs concours de beauté... Mais une nouvelle publicité le rappela à la réalité.

Il se rappela le "mythe de la guerre des sexes" qui était téléchargé dans la mémoire de chaque humain à la naissance : « C'était au temps où les hommes étaient enfantés à l'intérieur de leur mère, comme les animaux. Quand l'évolution des techniques du génie génétique permit la maîtrise totale des caractères de l'embryon, le problème de l'équilibre entre les deux sexes se posa. En effet, la majorité des couples choisissaient des embryons mâles. Cela amena les femmes à protester contre cette situation qui mettait en péril leur sexe et à réclamer un partage équitable des embryons. Les mouvements féministes se transformèrent en mouvements pour la promotion de l'embryon femelle. Le droit d'adhésion consistait à aller dans un centre de fécondation pour se faire implanter un embryon femelle, de sorte que toutes les adhérentes étaient enceintes. Au bout de quelques années, cette mobilisation porta ses fruits. C'était le mâle qui était maintenant menacé.

«À leur tour, les hommes organisèrent la riposte. Ils commencèrent par louer tous les utérus artificiels disponibles dans les centres de procréation assistée, pour faire naître des garçons. Mais les locations d'utérus ne suffirent pas pour redresser l'équilibre et les hommes furent obligés d'imaginer d'autres solutions. Certains centres de procréation assistée, acquis à la cause mâle, provoquèrent des grossesses chez des hommes ; mais peu d'entre elles arrivèrent à terme. Alors les hommes décidèrent de revenir à la vieille méthode des mères porteuses. À l'époque, on pouvait encore facilement trouver des traîtresses à la cause féministe qui consentaient à louer leur ventre pour un embryon masculin. Un réseau clandestin de mères porteuses fut ainsi constitué par les hommes. Mais lorsque les femmes découvrirent son existence, elles formèrent des brigades chargées de démasquer ces femmes traîtresses. Lorsqu'elles les découvraient, elles les faisaient avorter, puis stériliser. Chaque fois qu'une mère porteuse était ainsi avortée, les hommes ripostaient en faisant avorter une femme. C'est ainsi que la guerre des sexes se transforma en guerre civile meurtrière.

«La guerre ne prit fin qu'avec la prise du pouvoir planétaire par les robots qui réorganisèrent les rapports entre les hommes et les femmes et définirent de nouvelles règles pour la procréation humaine. L'égalité des sexes fut proclamée, la famille abolie et la mixité interdite. Les hommes et les femmes furent séparés en deux communautés, chacune ayant son propre quota de procréation. Chacun des sexes eut droit à un nombre limité de naissances chaque année. Les hommes devaient procréer des garçons et les femmes des filles. Pour assurer la paix et la cohésion des deux communautés, un service mixte obligatoire fut institué. Chaque homme ou femme devait passer deux ans dans des communautés mixtes constituées par les appelés au service. Ce service consistait à partager sa sexualité, son travail et ses loisirs avec des membres de l'autre sexe. Ceux qui refusaient de s'y soumettre ou qui désertaient étaient jugés et condamnés à de lourdes peines. Un examen d'aptitude précédait l'appel au service. Les hommes et femmes aptes étaient ceux qui pouvaient assumer une activité hétérosexuelle normale.

«La séparation provoqua l'œstrus chez les femmes. Leur période de rut coïncida avec la période du service mixte. La première manifestation de l'œstrus fut, quelque temps après la séparation, l'arrêt de l'ovulation chez certaines femmes. Ce phénomène se généralisa par la suite. L'ovulation ne reprenait qu'à la période du service mixte, au contact des hommes. Les femmes essayèrent de remédier à cette situation en ouvrant des centres d'ovulation. Les candidates à l'ovulation devaient s'inscrire au moins un mois à l'avance. Le stage commençait par une minutieuse préparation hormonale et psychologique. L'accès au stage était réservé exclusivement aux femmes candidates à la procréation. Cette dernière pouvait se faire de deux manières, soit par la fécondation de l'ovule par un spermatozoïde congelé, que chaque femme candidate à la procréation pouvait se procurer dans l'une des nombreuses banques de sperme ; soit par la fécondation de l'ovule par l'ovule. En effet, les ovules pouvaient se développer en filles, il suffisait de les stimuler. Cette auto procréation féminine, qui permettait à une femme d'avoir pour enfant sa double génétique, avait la faveur des féministes.

«Le stage d'ovulation commençait la première nuit du cycle lunaire, pour faire ovuler les participantes avec la pleine lune. Les femmes admises suivaient une hormonothérapie à base d'androgènes, pendant toute la durée du stage. Les candidates devaient venir tous les soirs au Centre pour participer à des danses en présence d'un groupe de femmes enceintes. Ces danses étaient conduites par des membres du Centre déguisées en hommes. Elles consistaient à imiter les différentes positions de l'accouplement hétérosexuel, les femmes enceintes, formant un cercle autour des danseuses et reproduisant les cris par lesquels les danseuses exprimaient les différentes phases du plaisir. À la fin du stage, chaque couple de danseuses, dont l'une était déguisée en homme, se retirait pour passer la nuit ensemble. Avant de se coucher, chaque femme disait à sa compagne déguisée : "Je veux être la femme de l'homme." L'autre devait la prendre comme l'homme prenait la femme. Après s'être assurées que leur ovulation avait repris, les candidates se faisaient inséminer.

«Chez l'homme la production gamétique et la sécrétion hormonale étant constantes et régulières, la séparation n'avait pas causé de modifications apparentes dans sa physiologie sexuelle et génitale. Le premier obstacle à surmonter pour les hommes candidats à la procréation était de trouver un utérus artificiel disponible. Si les hommes et les femmes avaient les mêmes quotas de procréation, les femmes avaient cet avantage de pouvoir porter elles-mêmes leurs enfants, alors que la grossesse chez les hommes n'était pas encore maîtrisée. Ceux qui voulaient un enfant devaient commencer par trouver une matrice disponible. Or celles-ci étaient en nombre limité, car leur construction était soumise aux quotas de procréation annuels consentis aux hommes. Il fallait donc, souvent, s'inscrire sur une liste d'attente avant de pouvoir en disposer, à moins de tenter soi-même une grossesse risquée, avec les inconvénients d'avoir à élever un enfant, alors que l'utérus artificiel faisait naître un homme adulte.

«Avec la prise en charge de la procréation par la technique, la sexualité, qui n'était qu'une ruse de l'instinct de reproduction, était devenue une forme vide, un comportement aberrant, un leurre. La sexualité étant devenue une fonction vide, le plaisir n'était plus qu'une affaire d'éducation. L'instinct de reproduction se mua en une morale du plaisir qui exclut l'autre sexe. Dans chaque communauté, l'imagination érotique de l'autre sexe était censurée. L'érotisme et la pornographie étaient conçus de telle sorte que le corps de l'homme mis en spectacle ne puisse stimuler que le désir de l'homme. De même que le spectacle du corps de la femme ne devait réveiller que le désir de la femme. Le narcissisme des deux sexes et leur instinct du plaisir trouvaient leur satisfaction dans cette imagination sexuelle maîtrisée.

«Chacun des deux sexes s'appliquait à exalter sa spécificité. Mais ce culte de la différence renforçait l'attrait des sexes et rendait la séparation encore plus difficile à préserver. Cependant, toutes ces différences n'avaient rien changé à la complémentarité originelle des sexes, la séparation n'avait pas modifié la division du

15

travail. Il y avait toujours une interdépendance économique entre les hommes et les femmes. Cette mutuelle dépendance avait obligé les deux communautés à maintenir leur cohésion. Mais l'évolution de leurs langages n'allait pas dans ce sens : c'est ainsi que, par exemple, le genre masculin avait tendance à disparaître de la langue des femmes et le féminin de celle des hommes. Pour continuer à se comprendre, les deux communautés avaient pris l'habitude d'organiser des concours d'éloquence où la palme revenait à celui ou à celle dont le discours comportait le plus grand nombre de mots de l'autre genre. Mais la véritable institution pour la cohésion des deux communautés était le service mixte. »

Dans la salle d'attente, le Père continuait à fumer sa cigarette éternelle et à faire les cent pas dans son fauteuil mobile. Enfin, l'androïde au rire arcadien se montra.

— Suivez-moi monsieur, dit-il, je vous conduis dans la salle des noms !

Le Père sauta de son fauteuil mobile, sans prendre le temps de l'arrêter et suivit l'androïde qui semblait totalement indifférent à l'impatience qu'il manifestait. Il fallait donner à l'ordinateur le nom du père, la date de naissance du fils et un chiffre au hasard. C'est à partir de ces trois données que l'ordinateur baptisait les nouveau-nés. Le Père donna son nom, la date de naissance de son fils, choisit un chiffre au hasard et pressa la touche correspondante sur le clavier. L'écran de l'ordinateur s'obscurcit. Il resta ainsi un long moment, comme intrigué par le sens des données qu'il venait de recevoir. Puis, il afficha un nom en quatre lettres : Adam.

Le tout n'était pas de sortir de sa matrice, encore fallait-il être un homme. Justement, les autres se chargent de cela, en vous rappelant sans cesse, non pas ce que vous voulez être, mais ce que vous devez être. "Sois un homme ! Sois un homme ! Sois un homme !" Adam opta pour la solution la plus simple : être un homme, c'est faire comme les autres. Il prit l'habitude de considérer son individualité comme une résultante de l'interaction des autres et s'efforça de ne plus la prendre trop au sérieux.

2

Maniké

Ce soir-là Maniké était perturbée. Demain, tôt dans la matinée, elle devait se rendre au Centre d'examen d'aptitude au service. Elle allait peut-être pour la première fois de sa vie vivre en communauté mixte. Elle savait qu'elle avait peu de chance d'être retenue. Pour elle, les hommes représentaient l'autre face de l'humanité. Ils l'intriguaient un peu, mais elle ne les associait jamais à sa vie. Jusqu'à ce jour, elle ne les avait connus que sous leurs combinaisons anti radioactives. Absorbée dans ses réflexions, elle finit par s'endormir. « La plus dure épreuve du service mixte consistait à escalader une gigantesque sculpture d'acier en forme de phallus. Au pied de la sculpture, deux gorilles se saisirent de Maniké, lui arrachèrent ses vêtements et lui ordonnèrent d'escalader, avec pour seuls crampons ses mains et ses pieds nus. La sculpture était si lisse que Maniké, chaque fois qu'elle l'avait escaladée sur quelques mètres, retombait dangereusement à sa base. Puis, sous les coups de fouet des gorilles, elle recommençait l'ascension. Elle l'entourait de ses jambes et de ses bras, mais le phallus était si volumineux qu'elle n'arrivait pas à joindre ni ses pieds ni ses mains, de sorte qu'elle était obligée d'employer tous les muscles de ses jambes et de ses bras pour l'enserrer. Mais elle finissait à chaque fois par lâcher prise et retombait meurtrie, suffocante… » Elle se réveilla en sueurs. Ce n'était qu'un mauvais rêve…

Le lendemain matin, Maniké se présenta à l'entrée du Centre d'examen d'aptitude au service. Elle introduisit dans la serrure de la porte d'entrée la carte magnétique qu'elle avait reçue en même temps que sa convocation. La serrure la happa, pour la lui recracher quelques secondes après, pendant que la porte s'ouvrait. Elle reprit sa carte et entra dans un hall étroit entièrement couvert de miroirs qui lui renvoyaient son image infiniment multipliée. Son cœur battait de plus en plus fort, à mesure que l'ascenseur descendait. Jusqu'à présent elle n'avait rencontré que le froid poli du verre et de l'acier, rien qui ressemblât à une voix ou à une forme humaine. Lorsque l'ascenseur s'arrêta, elle se dirigea vers la porte qui portait le même numéro que celui de sa carte, introduisit sa carte et entra. La porte se referma derrière elle.

Adam a toujours été fasciné par les femmes. Il pensait que leurs différences physiologiques avec les hommes étaient la conséquence de la première catastrophe nucléaire. À cette époque, l'humanité était exclusivement masculine. Les hommes irradiés connurent une série de mutations génétiques qui en firent des femmes. Adam attendait avec impatience sa convocation pour le service mixte, pensant que ce serait là l'unique occasion de percer le mystère des femmes. Aujourd'hui, en se rendant au Centre d'examen d'aptitude, il avait le cœur serré, la gorge sèche et les mains moites. Lorsqu'il ouvrit la porte correspondant au numéro de sa carte, il vit une femme assise, dont il ne distingua pas parfaitement les traits, à cause de la lumière tamisée de la pièce. Lorsque la porte se fut refermée derrière lui, il resta figé à la même place, sur ses gardes, comme face à un danger.

Dans le dépliant qu'il avait reçu avec sa convocation, il était précisé que l'homme devait faire le premier pas, en faisant une déclaration d'amour, conformément à la pratique antique de l'amour entre hommes et femmes. Des modèles étaient proposés, suivant qu'on se veuille tendre, passionné ou romantique. Mais Adam trouva ces modèles tous aussi ridicules les uns que les autres, tout en enviant secrètement les femmes qui, elles, n'avaient qu'à donner une réponse qui, d'après le dépliant, pouvait se réduire à un simple regard consentant. Tous les modèles proposés étaient dans un style métaphorique où les images de la nature semblaient être les seules dignes de décrire la femme qu'on veut aimer. Les femmes semblaient particulièrement sensibles aux choses de la nature. Elles voudraient être des fleurs, des astres, des animaux, le jour, la nuit, la vie et la mort. Cette prédilection s'explique peut-être par une nostalgie de l'Ancien Monde. La veille, Adam était allé dans une galerie de peinture spécialisée dans les paysages. Ces galeries jouent aujourd'hui le rôle des parcs disparus. Le public y vient pour retrouver les cadres naturels perdus. C'était la première fois qu'Adam visitait ce genre d'endroit. Par l'évocation de la nature, c'était la femme qu'il espérait découvrir. Les paysages peints étaient pour lui autant d'images de la femme qu'il allait découvrir. Un tableau avait particulièrement frappé son imagination. La notice disait : "Forêt de cocotiers sur une plage." C'était cette image qui venait maintenant à son esprit en présence de cette femme à laquelle le rituel du service mixte l'obligeait à faire une déclaration d'amour :

— Tu es comme un cocotier sur la plage, dont la vague a labouré les racines et qui, plus sensible que les autres à l'appel de la mer, s'est penché, se détachant sur l'azur du ciel, pour former le plus beau bouquet du monde !

Maniké battit ses paupières dans un rythme rapide et saccadé, l'ombre de ses cils faisait la nuit et le jour dans ses yeux. Elle était désorientée par la déclaration qu'elle venait d'entendre. Elle avait appris par cœur tous les modèles qui figuraient dans le dépliant et celle que venait de lui faire l'homme devant elle ne ressemblait à aucun d'entre eux. Pourtant c'était une belle déclaration d'amour, plus belle que toutes celles qu'elle avait lues ! Elle était touchée d'être la seule à l'entendre. Adam a bien noté le mouvement des yeux de Maniké. Elle semblait étonnée. Il craignait d'avoir dit un mot qu'il ne fallait pas. Il alla s'asseoir près d'elle.

Au début, ils ne se quittaient pas du regard, chacun fixant l'autre avec une méfiance qui éveillait tous leurs sens. Maintenant, Maniké le quittait de temps en temps du regard et ne le ramenait sur lui que timidement. Chacun regardait maintenant l'autre comme s'il avait peur de rencontrer son regard. Puis, instinctivement, chacun décida de plonger pour éprouver l'effet du contact du corps de l'autre. Ils commencèrent à se toucher. Chacun mettait ses mains sur une partie du corps de l'autre et les enlevait précipitamment, comme s'il craignait que la peau de l'autre ne collât à ses mains et se détachât avec elles. Puis, cette crainte passée, chacun attarda ses mains sur la peau de l'autre. Ensuite, les mains ne suffisant plus, chaque corps voulut éprouver le contact de l'autre sur toute sa surface…

Maniké était maintenant dans son bain, couchée sur le dos, les genoux pliés, elle regardait ses jambes blanches et lisses. « Que reste-t-il de l'amour après que les jambes se soient fermées ? » se demandait-elle. Tout en pensant à cette question, elle écartait doucement ses jambes, puis les ramenait l'une vers l'autre. Quand elle les entrouvrait, l'eau se transformait en gouttes sur toute la surface de contact. Lorsqu'elle les rapprochait, ces gouttes anticipaient le moment de leur rencontre en s'attirant comme des aimants pour se fondre, formant ainsi une infinité de liens fluides extrêmement fragiles, qui se tissaient et se défaisaient au rythme du mouvement des jambes. « Les liens de l'amour seraient-ils aussi fragiles que ces liens fluides éphémères ? » Elle n'avait aucune idée, ni du sens, ni de la portée de l'expérience qu'elle venait de vivre. Tout ce qu'elle savait, c'était qu'elle venait de s'acquitter d'un rite indéfini, mais obligatoire. Elle souhaitait que cette expérience s'arrêtât là, qu'elle ne soit pas retenue pour le service. Bien sûr, le moment qu'elle vient de vivre a été amusant, mais il a eu un côté étrange qui l'inquiétait. La suite de cette expérience dépendait des autorités du service. Tout à l'heure avec Adam, elle devait se rendre dans l'immeuble, de l'autre côté de la rue, pour connaître leur décision.

Ayant fini de se préparer, Maniké sortit de la salle de bains pour rejoindre Adam. Elle s'approcha de lui, appliqua ses lèvres sur sa joue. Lorsque son visage s'éloigna du sien, Adam constata avec surprise que sa joue était reliée aux lèvres de Maniké par de fins lambeaux de chair qui semblaient être un mélange de la peau de sa propre joue et de celle des lèvres de Maniké. Les lambeaux qui étaient inégaux dans leur épaisseur et dans leur largeur avaient la couleur de la lumière vue à travers la chair humaine dans l'obscurité. Ce que traversait la lumière actuellement, c'était un mélange de fines lamelles de peau et de rouge à lèvres. Lorsque Maniké sourit, la partie fine des lambeaux partant du côté gauche de sa bouche se dilata et se déchira sous l'effet de la décontraction des lèvres, laissant de fines lamelles de chair et de peau, collées irrégulièrement sur les dents qui étaient maintenant découvertes.

Les yeux d'Adam étaient devenus deux microscopes. Il ne voyait plus l'espace entre les murs de la pièce, ni le lit, ni les contours de la silhouette de Maniké, ni son visage ni les limites extérieures de sa bouche. Même les lèvres et les dents dans cette bouche étaient devenues floues, comme par l'effet d'un agrandissement exagéré. Il ne voyait plus que les parties des lèvres et des dents desquelles partaient les lambeaux. Son regard les suivait dans la direction de son propre visage et s'arrêtait lorsque le flou de celui-ci se confondait avec le flou des lambeaux de chair et de peau, au niveau de sa propre joue. Il se leva brusquement dans une tentative de casser cette chaîne monstrueuse. Son mouvement provoqua plusieurs déchirures, mais la chaîne se maintint. "Sortons !", dit-il avec impatience, comme si l'air dans la pièce était devenu irrespirable. Arrivé au seuil de la porte, il tomba lourdement, se releva, trébucha au premier pas et retomba de nouveau. Il avait perdu le sens de l'équilibre. Tous ses sens s'étaient concentrés sur la chaîne de chair et de peau, sur laquelle s'était focalisé tout le champ de sa perception.

— Qu'est-ce qu'il y a ? Qu'est-ce qui t'arrive ? Ça ne va pas ?

Adam ne répondait pas. Maniké commençait à avoir peur, peur que cet homme ne meure entre ses mains, peur qu'on l'accuse de l'avoir empoisonné... Elle l'aida à prendre l'ascenseur, elle était obligée de le porter pour le maintenir debout. Dehors, alors qu'ils attendaient pour traverser la rue, Adam lui glissa des mains et tomba devant une VAM qui arrivait à toute vitesse. La VAM freina à grands bruits de crissements de pneus et de klaxon, mais toucha légèrement Adam. Le choc et le bruit le ramenèrent à ses sens. Il vit la VAM, Maniké qui le tenait par le bras, la rue, les passants et les maisons. Sa perception était revenue dans son champ normal. Il n'y avait plus de lambeaux de chair et de peau, du moins il ne les voyait plus. Mais il était certain qu'ils étaient encore là, à leur place, même s'ils étaient devenus invisibles. Il acquit la certitude que les corps ne sont pas séparés comme avec la hache, qu'ils s'interpénètrent par des liens invisibles, que l'humanité est un gigantesque corps dont les corps individuels ne sont que des cellules. Les lambeaux de chair et de peau n'étaient qu'une infime fibre de la vaste toile invisible des tissus reliant les corps humains. Maniké était heureuse de constater que le malaise d'Adam était passé. Maintenant elle avait hâte de connaître le verdict des autorités du service mixte.

3

Androgyne

Cette fois, il y avait un androgyne qui les attendait à l'entrée, un être morphologiquement ambigu, balançant entre l'homme et la femme. Maniké ne le quittait pas des yeux. Elle n'avait jamais vu une harmonie aussi parfaite entre des caractères contraires. Sa petite taille et son embonpoint lui donnaient une forme presque ronde. Sa démarche avait la sphéricité de sa silhouette. Il semblait posséder une force et une vigueur extraordinaires. Ses mains avaient la finesse et la beauté de celles des femmes, mais il y avait aussi en elles la rugosité et la force des mains d'un homme. Androgyne prit les convocations que lui présentaient Maniké et Adam et leur demanda de le suivre. Il les introduisit dans une salle de visionnage à faux plafond bas. L'écran souple incurvé, entièrement translucide, avait une diagonale de plusieurs mètres. Il était collé au mur comme une affiche. L'éclairage très localisé faisait pénombre, mais les rubans lumineux courant le long des plaintes guidaient les pas.

—Nous allons voir, si votre rencontre s'est bien passée, dit Androgyne, en s'engouffrant dans un fauteuil, avant de démarrer la lecture.

Le flux audio-vidéo inonda la salle. Maniké apparut seule dans une pièce. Elle se taisait. Elle semblait à la fois impatiente et inquiète. Sa respiration était régulière, un souffle à peine audible, un flux d'air qui, par les deux narines, reliait les poumons à l'atmosphère de la pièce. Par moments le souffle devenait plus fort, la masse d'air entrant par les narines dans les poumons semblait s'accroître, les poumons l'expiraient par les narines et la bouche, comme si Maniké était oppressée. Maintenant, un autre bruit venait perturber l'ambiance sonore de la pièce et masquer le souffle de la respiration de Maniké : le bruit de la serrure de la porte. La porte s'ouvrit. Adam entra. Elle se referma derrière lui. On pouvait entendre de nouveau le souffle de la respiration de Maniké et, à une échelle nettement supérieure, celui de la respiration d'Adam, plus rapide et plus saccadée.

Androgyne regardait attentivement les images et écoutait en silence. Sur l'écran, la bouche d'Adam s'ouvrit en même temps que le son de sa voix traversait les enceintes acoustiques. "Tu es comme un cocotier sur la plage, dont la vague a labouré les racines et qui, plus sensible que les autres à l'appel de la mer, s'est penché, se détachant sur l'azur du ciel, pour former le plus beau bouquet du monde !" De nouveau, les deux souffles dominaient l'ambiance sonore de la pièce. Adam se dirigea vers la partie de la pièce où était Maniké pour s'asseoir près d'elle. Maintenant, ils se regardaient à tour de rôle, chacun semblait vouloir éviter le regard de l'autre. Puis le rythme de leur souffle devint plus rapide et plus violent à mesure que leurs corps se frottaient et s'enlaçaient pour se fondre ensemble. À présent, leurs souffles n'étaient plus qu'une succession de râles et de cris de désespoir. Des râles et des cris qui pouvaient exprimer aussi bien le plaisir que la douleur de deux êtres qui s'efforçaient de se fondre en un seul, pour guérir la nature humaine.

Maniké était stupéfaite devant ces cris extraordinaires qu'elle entendait pour la première fois. Elle ne reconnaissait ni sa voix ni celle d'Adam. C'était l'expression de son propre visage dans ces images qui la terrifiait le plus. En même temps que ces cris sortaient du fond de sa gorge, comme un écho immémorial, son visage exprimait un profond silence et une volonté farouche d'accomplir l'œuvre de la vie. Androgyne arrêta la lecture en déclarant :

— Vous êtes tous les deux aptes pour le service ! Mais vous avez commis une grave erreur qui pourra un jour causer votre perte : vous avez copulé de front ! Vous avez pourtant bien lu dans le dépliant du service que la copulation frontale est interdite. Par votre transgression de l'interdit, vous risquez d'éprouver l'amour, qui est un sentiment interdit entre les hommes et les femmes. Ceux qui éprouvent l'amour s'attachent à un membre de l'autre communauté et perturbent les lois sacrées de la cohabitation. Ceux qui sont convaincus du délit d'amour sont envoyés dans les camps de rééducation et n'en sortent qu'après leur guérison. Si vous ne réussissez pas à dissocier désir et sentiment, vous courez à votre perte. Vous recevrez vos convocations avant la fin de la semaine.

Adam et Maniké se quittèrent sans se regarder, chacun dans sa direction.

4

Soho

De retour chez lui, Adam éprouva un sentiment d'abandon qu'il attribua à la conscience de l'habitude d'être tranquille dans son propre milieu. Il était maintenant en train de se faire un cocktail dans la cuisine, tous les objets et instruments étaient là, à leur place habituelle, défiant la durée qui s'écoulait, indifférents aux états d'âme de leur utilisateur. Son cocktail préparé, Adam alla dans le carré. Il savait que le fauteuil en cuir blanc serait à sa place, prêt à recevoir celui qui voudrait s'asseoir. Il s'y enfonça et porta à sa bouche le verre qu'il tenait dans sa main droite, machinalement, sans prendre conscience du mouvement de son bras. La main porta le verre tout droit à la bouche et le bord du verre vint se loger entre les deux lèvres qui s'étaient entrouvertes. Le verre était dans une position légèrement inclinée, et au moment de son contact avec les lèvres, le liquide qu'il contenait déborda. La bouche recueillit le liquide qui passa presque aussitôt dans la gorge. Puis le bras revint à sa position de départ, sur l'accoudoir du fauteuil, emportant le verre que la main tenait toujours. Adam a maintenant dans sa bouche le goût du liquide qui vient de passer dans sa gorge et dont une partie se trouve encore dans le verre, dans sa main droite. Le goût était composé ; il y avait un goût pétillant sur toute la surface de la langue qui montait vers les narines et descendait vers les amygdales. Un goût qui évoquait le vert. D'autres goûts bleus, blancs, rouges, évoquaient la saveur de la pomme, l'odeur de l'orange et la couleur du lait. L'odeur de la pièce et la saveur de la vie formaient comme une toile de fond pour ce bouquet.

Les images de la partie de la pièce que couvrait le champ visuel d'Adam donnaient l'impression d'une diapositive fixe. L'esprit d'Adam était vide ou plutôt totalement occupé par l'univers de la pièce. Mais, brusquement, une image nette, précise, fit irruption dans cet univers : l'image de Maniké. Par cette brèche ouverte, les événements des dernières douze heures passées au Centre d'examen envahirent l'esprit d'Adam. Ce qu'il venait de vivre avec Maniké n'avait rien enlevé au mystère de la femme, au contraire, il était devenu plus épais encore. En présence du souvenir de ces douze heures, dominé par la présence de Maniké, Adam sentait un grand vide intérieur, une vague impression de manque, une nostalgie du temps qui passe. Il y avait en lui comme une mélancolie face à l'écoulement des êtres et des choses. Les scènes des moments passés avec Maniké envahissaient son esprit avec une persistance maladive, sa mémoire les gonflait, les multipliait, rendant leur durée extensive. Le souvenir de Maniké était le fil conducteur, ce par quoi prenaient sens tous ces événements. Jamais le souvenir d'un être n'avait eu une telle force de présence dans la mémoire d'Adam. C'était plus qu'un souvenir, un élément qui pénétrait de toutes parts la conscience de son être propre, comme l'eau pénètre la rose. Ce soir-là, Adam dîna machinalement, sans appétit et sans savoir l'heure à laquelle il le faisait. Sa conscience du temps était perturbée. Il s'endormit juste après le dîner, d'un sommeil agité.

Quand, quelques jours plus tard, Adam se présenta à son centre de service, Androgyne l'accueillit et lui fit faire les formalités. Il pensa à plusieurs reprises lui demander où était Maniké et s'il allait la revoir, mais y renonça quand il constata qu'il y avait plein d'autres androgynes à l'accueil. L'androgyne du Centre d'examen pouvait donc être un autre. Il conduisit Adam dans une maison dont l'escalier d'entrée s'enfonçait en sous-sol et conduisait dans un patio qui semblait être la seule entrée pour la lumière du jour.

— Vous logerez ici, avec votre compagne, pendant toute la durée du service.

Le cœur d'Adam battit à un rythme accéléré. Il avait du mal à y croire. Allait-il partager cette maison avec Maniké ?

— Quelle compagne ? demanda-t-il, impatient.

— Vous allez bientôt la connaître, elle ne va plus tarder.

Lorsque sa nouvelle compagne arriva, Adam eut du mal à dissimuler sa déception.

— Enfin, dit l'androgyne, voilà Soho, votre compagne durant tout le service. Vous partagerez cette maison, vous travaillerez dans le même secteur. Chacun de vous doit s'acquitter honnêtement et sans passion de son devoir sexuel envers l'autre. L'heure et la durée des séances de sexe sont fixées par le règlement intérieur du Centre, affiché en hologrammes sur les murs. Vous devez veiller à éloigner de vous toute sentimentalité qui risque de perturber le bon déroulement de votre service. Vous êtes tous les deux affectés au secteur loisirs de notre Centre. Je vais prévenir Riman, votre responsable, que vous êtes là. Il vous réunira dès aujourd'hui avec les autres éléments du secteur loisirs pour fixer à chacun sa tâche. Si vous avez un problème de cohabitation, adressez-vous à lui.

Soho était une synthèse vivante de deux éléments contraires : la pléthore et la beauté. Ses formes pouvaient être comparées, par contraste, aux formes viriles. Son corps défiait la pesanteur matérielle, ce qui donnait un aspect irréel à ses formes. Mais il y avait derrière cette irréalité de son visage et des formes de son corps une animalité secrète, un signe qui annonçait la laideur d'une bestialité déchaînée. Une fièvre secrète la jetait hors d'elle-même. Elle exhalait un désir mortel de déborder les limites matérielles de son corps, quelle que soit la déchéance qui pourrait en être le prix. C'est cela qui faisait qu'elle donnait l'impression de se proposer comme un objet. Elle était un temple ouvert à la profanation. Elle se proposait comme un objet à l'odorat, à l'ouïe, à la vue au goût et au toucher ; il y avait en elle un pouvoir inné de provoquer le désir. Par son attitude passive, elle suscitait le désir et la poursuite. Sa parure recherchée, son maquillage soigné et son élégance vestimentaire mettaient en relief sa beauté et faisaient violence à l'attention. Adam sentit monter en lui un violent désir de posséder sa beauté, d'y introduire la souillure animale. Il voulait la salir à tout prix, profaner la beauté de son visage. Il s'approcha d'elle, décidé à la dénuder pour la révéler pleinement comme objet de désir. Soho esquissa un mouvement de fuite, mais Adam saisit fermement ses deux bras.

— Tu dois avoir honte, lui dit-elle. Tu n'as pas le droit de penser au sexe en dehors des séances règlementaires !

Adam ne lui répondit pas. Il commença à la déshabiller. Il sentait venir le moment de fusion qu'annonçait la nudité de Soho et la joie goûtée dans la certitude de la profaner. La fusion et le déchaînement de leurs corps n'arrivaient pas à annihiler la peur d'être en train de transgresser un interdit du service. Soho avait honte de passer outre le règlement intérieur du Centre, de faire l'amour dans des conditions où il était interdit de le faire. Et tout cela par la faute d'Adam...

Riman convoqua les membres du secteur loisirs, pour une première réunion. Il y avait là une centaine d'hommes et de femmes qui se dévisageaient comme si chacun venait d'une autre planète. Riman arriva le dernier. Il donnait l'impression d'une beauté parfaite que seules troublaient deux mèches rebelles sur le front. Certains aspects de son personnage suggéraient tout de suite des attributs animaux. Ses mèches rebelles, par exemple, donnaient par moments l'impression de deux petites cornes pointues au sommet de son front. Sa démarche et sa silhouette faisaient irrésistiblement penser à un animal rampant, un serpent. Parfois il donnait l'impression d'une extrême beauté, à d'autres moments, il était d'une laideur repoussante. Il fit asseoir l'assistance en cercle autour de lui et resta debout.

— Votre rôle, commença-t-il, est d'organiser les loisirs des appelés au service dans notre Centre. Chacun de vous sera chargé d'une tâche précise selon ses compétences et son expérience antérieure.

35

Tout en parlant, il tournait au milieu de son audience. Lorsqu'il se trouvait en face d'Adam et Soho, il attardait son regard sur eux. Il y avait dans ses yeux une expression de complicité, comme s'il partageait avec eux un secret. Il semblait connaître à la perfection le moindre aspect de la personnalité de chacun, comme s'il avait le don de lire dans les âmes. Il était prodigue en conseils qu'il distribuait à chacun et possédait une force de persuasion extraordinaire. Adam fut chargé de la mise sur pied du groupe musical. Soho, quant à elle, fut désignée comme serveuse dans le snack-bar de la piscine. À la fin de la réunion, Riman demanda à Soho de rester après les autres. Elle resta longtemps enfermée avec lui. Lorsqu'elle sortit, elle avait une lueur étrange dans les yeux. Adam lui demanda ce qui s'était passé, elle lui répondit que cela concernait le service et ne voulut pas en dire davantage.

Adam constitua son groupe. Il en était le chanteur et le compositeur. Dès la première répétition, il comprit que cela n'allait pas. Chacun avait sa propre conception du rythme et du jeu instrumental. Il décida de commencer par accorder les membres du groupe sur ces deux préalables.

— Pourquoi, selon vous, depuis la masse des sons produits par l'homme, depuis l'ensemble des sonorités qu'ils provoquent, un certain nombre de ces sons reçoivent-ils une sacralisation et une fonction particulières qui en font de la musique ?

Chacun parmi les membres du groupe avait une réponse à cette question. Le bassiste pensait que seuls les sons rythmés étaient des sons musicaux. Le guitariste pensait que le rythme ne faisait pas la musicalité, qu'il fallait que les sons soient harmonieux. Le pianiste soutenait que c'était la beauté du son qui faisait sa musicalité.

— Ce que nous voulons faire, dit Adam, c'est de la bonne musique, une musique par laquelle vibrent le corps et l'âme de notre public. Pour cela, il faut que son rythme soit réglé sur celui du corps humain. Les basses, par exemple, doivent se régler sur le rythme du cœur. Mais le rythme seul ne suffit pas. Il faut que celui qui joue prenne conscience de son rôle sacré. Un concert, c'est une communion spirituelle entre des milliers de personnes et vous en êtes les prêtres. Comportez-vous en salle comme dans un temple et sachez que vous conduisez un rite sacré. Ainsi seulement vous atteindrez la plénitude de votre jeu !

Adam partageait son temps au Centre entre Soho et son travail. Il y avait en Soho quelque chose qui le provoquait sans cesse et qui triomphait de lui après chaque bataille. Le snack-bar de la piscine était à quelques pas de la salle des répétitions. Entre deux séances, Adam alla au bord de la piscine regarder les baigneurs et Soho qui faisait le service. Il y avait sur le comptoir un tas d'oranges. Il respira profondément leur odeur. Il les regarda attentivement sous la peau et vit leur jus. Il en saisit une, y enfonça ses dents et la pressa des deux mains dans sa bouche. Il n'avait jamais osé plonger dans la piscine. Il se demandait comment des corps de chair pouvaient pénétrer un cristal si pur. Chaque fois qu'un baigneur plongeait, Adam pensait qu'il allait s'écraser sur les pointes du diamant bleu, dont la surface donnait une impression de vie, à cause des vagues de lumière qui s'y reflétaient. Soho faisait le service dans la salle à quelques mètres de la piscine. Elle était en maillot de bain comme la plupart de ses clients. En la regardant, on ne pouvait s'empêcher de penser que Dieu l'avait faite pour donner la vie et, peut-être, pour donner la mort aussi. Dieu lui avait donné le sens du plaisir et le sentiment de l'amour pour vivre la loi de sa création. Mais elle avait appris à vivre l'amour et le plaisir pour eux-mêmes.

Soho n'avait pas réussi à faire oublier Maniké à Adam. La présence de son souvenir était un spectre permanent entre eux. Très souvent, lorsqu'il enlaçait Soho, Adam fermait les yeux et s'efforçait d'imaginer que c'était Maniké qu'il serrait dans ses bras. Pourtant, il ne trouvait à Maniké aucune qualité objective qui la distinguât des autres femmes, rien qui forçât sa préférence, mais il y avait en elle un aspect insaisissable qui touchait profondément son être intérieur. Était-ce une illusion ? Si c'en était une, elle était bien persuasive. Maniké inspirait à son âme un délire continuel. Il avait appris à vivre avec la présence de son souvenir, mais désespérait de pouvoir un jour la revoir. Ce qui rendait ce délire si douloureux, ce n'était pas le danger qu'il faisait courir à Adam, ce qui le rendait si douloureux, c'était le doute qu'il n'avait peut-être pas gagné Maniké elle-même. Pour s'en convaincre, il essayait souvent de faire le vide dans son esprit, de ne penser qu'à elle pour se rappeler ses attitudes et ce qui, dans ces attitudes, pouvait révéler ses sentiments. Mais chaque fois c'était un masque immobile, un fantôme sans âme que sa mémoire reflétait dans sa pensée, comme dans un miroir. Il cherchait inlassablement derrière ce masque, mais ne trouvait que l'image même de sa propre nostalgie. Finalement, dans ce masque, non seulement Maniké s'évanouissait comme une vapeur irréelle, mais la propre mémoire d'Adam et la connaissance qu'il avait de lui-même se trouvaient abolies.

Les hommes et les femmes vivaient assez bien la cohabitation. À les observer, on aurait pu presque oublier que derrière la routine quotidienne de la cohabitation se cachait la haine mortelle qui avait été la cause de la guerre et de la séparation. Tout dans le Centre était organisé suivant un modèle de complémentarité dans tous les domaines. Bien sûr, chaque sexe continuait à ressentir sa différence et celle de l'autre, mais ces différences n'étaient pas exaltées comme elles l'étaient dans la séparation. Au contraire, chacun mettait en avant son besoin de l'autre et vivait comme s'il était en état de manque sans lui. Tous semblaient trouver leur bonheur dans la complétude. Chacun cultivait la part de l'autre qu'il possédait en lui et affirmait son besoin de l'autre.

Dans le Centre, la logique de la séparation avait fait place à celle de la cohabitation ; les hommes et les femmes vivaient comme de vieux complices. Leur mémoire archaïque commune refaisait surface. Elle semblait s'être conservée malgré la séparation, ce qui pouvait laisser supposer une tendance à reconstituer l'union. Mais cette tendance était fermement combattue, parce qu'elle était contraire à la raison d'être du service mixte et parce qu'elle rappelait l'époque de la guerre meurtrière à laquelle avait abouti l'union. Parmi les aspects de cette tendance à reconstituer l'union, celui qui faisait le plus peur et qui était considéré comme un tabou, c'était le sentiment d'amour. À l'innocence du désir des sens était opposée la malédiction de l'amour sentimental, l'illusion qui avait perdu l'humanité. Les autorités du service veillaient à ce que le désir reste pur, qu'il ne soit pas dénaturé par l'illusion de l'amour-sentiment. Mais il y avait un risque réel que la satisfaction du désir n'engendrât le sentiment. C'est pour cela que la copulation frontale était interdite et le temps de l'activité sexuelle réglementé. Mais il était difficile de contrôler la transgression de ces interdits.

Les autorités avaient mis au point un ensemble de méthodes pour dépister l'amour. Celui chez qui ce délire était diagnostiqué était envoyé en camp de rééducation sexuelle. L'institution de base de dépistage de l'amour était la séance d'analyse. Chaque résident devait faire obligatoirement son analyse une fois par semaine. Pour cela, "un test de sentimentalité" permettait de déterminer si l'un ou l'autre des partenaires était amoureux. Le test, oral, consistait en une série de douze questions. Cependant si l'analyste trouvait vague ou insuffisante une réponse, il pouvait poser des questions complémentaires pour obtenir une réponse claire.

Ce matin, Riman avait convoqué Adam pour sa séance d'analyse. Adam savait qu'il n'avait rien à craindre de ces séances tant qu'elles tourneraient autour de ses rapports avec Soho. Il était certain que ces rapports étaient fondés sur le seul désir et dénués de toute sentimentalité. Mais ce qu'Adam craignait, c'était que les séances d'analyse dépassent les limites de ses rapports avec Soho, pour sonder la réalité intime de sa propre âme, car celle-ci était pleine de vase sentimentale. Il savait parfaitement que toute son âme était enveloppée de l'amour de Maniké, comme d'un cocon de soie. Il arriva au bureau de Riman à l'heure indiquée. Une hôtesse l'accueillit et lui demanda de patienter. Il commençait à trouver l'attente particulièrement longue, quand enfin l'hôtesse réapparut pour l'introduire.

— Ah ! c'est vous Adam. Asseyez-vous donc. Je suis sûr que vous comprenez la nécessité de nos séances d'analyse. Le service mixte a été institué pour garantir la paix dans la séparation. Mais vous savez aussi que les hommes et les femmes forment maintenant deux mondes séparés, deux sociétés différentes, même si elles sont complémentaires et qu'il est absolument impossible de revenir sur cet état de fait. Il y a une limite infranchissable entre le masculin et le féminin que seul l'amour peut défier, ce délire qui pousse des hommes et des femmes à vouloir se réunir et se fondre pour ne plus faire qu'un au lieu de deux. Or c'est là la plus grave menace qui pèse sur nos sociétés. C'est pourquoi nous sommes décidés à détruire par tous les moyens le virus de l'amour et à préserver l'innocence des sens. Maintenant, dites-moi le nom de votre partenaire.

— Soho, répondit Adam.

— Oui, Soho... Bien. Vous allez maintenant répondre franchement ! »

Il y avait dans le ton de Riman une menace à peine voilée, comme s'il était sûr qu'Adam avait quelque faute à cacher.

— Vous arrive-t-il d'observer Soho ? Si oui, que constatez-vous ?

— Oui, il m'arrive de l'observer, répondit Adam. Tenez l'autre jour, par exemple, au bord de la piscine, je l'observais de loin. Elle était en costume de bain. Son corps presque nu exemplifiait la vie. En la regardant, je ne pouvais m'empêcher de penser qu'elle était faite pour donner la vie, mais qu'elle faisait tout pour oublier cela, que Dieu lui avait donné le sens du plaisir pour vivre la loi de sa création, mais qu'elle avait appris à vivre le plaisir pour lui-même.

Adam pensa qu'il venait d'omettre spontanément tout ce qui dans son observation de Soho au bord de la piscine avait trait à l'amour. Un frisson parcourut son dos de peur que Riman ne lise dans sa pensée. Riman sourit, comme si Adam avait pensé à haute voix.

— Trouvez-vous des défauts à votre partenaire ?

— Oui. Je trouve que la bestialité déchaînée qui déborde de sa beauté la prédispose à tous les abus. Soho est toute vouée à ses sens (Adam faillit poursuivre en disant que c'est de sentiment qu'elle manquait le plus, mais réussit à taire ces mots). Soho est un masque vide, un trou noir céleste. Elle hait la vérité et la science.

— Quelle image souhaitez-vous que Soho ait de vous ?

— La même que celle qu'elle possède de la réalité.

— Mais encore ? insista Riman.

— L'image d'un infidèle profanateur de sa beauté !

— Vous arrive-t-il de lui suggérer cette image ?

— Je la lui prouve à toutes les occasions !

— Quelle importance accordez-vous à votre image dans l'esprit de votre partenaire ?

— Aucune ! Car je sais qu'elle est neutre d'elle-même, qu'elle est un instrument pur. Sa vie intérieure est déterminée par le courant viril dont elle s'approche.

43

— Êtes-vous intéressé ou désintéressé dans vos rapports avec Soho ?

— Je suis toujours intéressé, car elle n'est pour moi qu'un objet de désir !

— Vous arrive-t-il d'imiter ou de simuler un rôle ou une attitude devant elle ?

— Jamais !

— Y a-t-il des aspects de votre personnalité que vous cachez à Soho ?

— Non ! Il y a seulement des aspects dont elle ne peut douter, d'autres qu'elle n'ose ni ne peut regarder en face.

— Est-ce qu'il vous arrive souvent de vous rappeler ce qui vous flatte dans vos moments avec elle ?

— Non, car peu m'importe l'image qu'elle se fait de moi !

— Vous arrive-t-il de regretter certaines de vos paroles ou de vos actions envers Soho ?

— Jamais !

— Vous arrive-t-il d'associer des choses, des situations ou des personnes à des souvenirs agréables liés à Soho ?

— Non ! J'ai souvent tendance à l'oublier quand elle n'est pas devant moi.

— Pensez-vous que vous pouvez faire le bonheur de Soho ?

— Non, je ne le pense pas ! Je la laisse se forger son propre idéal.

— Pensez-vous qu'elle puisse faire le vôtre ?

— Certainement pas ! Tout ce qu'elle peut, c'est me donner du plaisir !

Toutes les réponses d'Adam furent enregistrées par un appareil placé entre lui et Riman. Maintenant l'appareil était entre les mains de Riman qui le manipulait. Puis il le remit à sa place.

— L'appareil va déterminer votre taux de sentimentalité. Dans notre centre, la limite tolérée va jusqu'à cinq. Tous ceux qui ont un résultat supérieur ou égal à cinq sont envoyés en camp de rééducation.

Adam repensa à ses réponses. Il avait bien répondu dans l'ensemble. En tout cas il était sûr de ne pas aimer Soho. Si tout va bien, l'appareil devrait lui donner un taux négatif. Riman grattait sa petite corne sur le front, il était intrigué. Dès sa première rencontre avec Adam, il avait décelé en lui le délire de l'amour. Au début, il avait pensé qu'Adam était amoureux de Soho. Mais le test qu'il venait de passer démentait cette supposition. Cependant, pour Riman, il n'y avait aucun doute. Adam aimait. Il était bon pour le camp de rééducation. Mais avant de l'y envoyer, il fallait prouver qu'il était amoureux et découvrir la personne qu'il aimait. Il fallait savoir aussi si la personne aimée par Adam était sujette au même délire. Pendant que son esprit s'occupait de ces questions, Riman avait sur le visage une expression de complicité. Il y avait un tel écart entre l'expression de son visage et la réalité de sa pensée qu'on pouvait se demander si c'était le même être. Riman examinait maintenant la bande perforée que l'appareil venait de cracher.

— C'est un bon résultat. Vous avez un taux de sentimentalité de moins un. C'est tout pour cette fois-ci. Vous pouvez partir maintenant.

Il avait déjà arrêté son plan. Adam quitta le bureau de Riman pour rejoindre directement son groupe dans la salle des répétitions. Maintenant, ils répétaient jour et nuit parce qu'ils allaient se produire dans deux jours dans un concert auquel assisteront tous les résidents des centres de service mixte de la région. Chaque centre devait présenter sa formation musicale à cette occasion. Ce sera une compétition acharnée. Mais ce qui faisait l'importance de cette occasion pour Adam, ce n'était pas la compétition musicale, c'était qu'il aurait là l'occasion, peut-être unique, de revoir Maniké.

La salle de concert se trouvait dans un autre centre. Adam et son groupe s'y rendirent un jour à l'avance pour les dernières répétitions. Ils répétèrent presque tout le temps, jusqu'au début du concert. Il y eut un public monstre ce soir-là. La salle était archicomble malgré son immensité. Lorsque Maniké arriva, il n'y avait plus de place. Elle avait toujours éprouvé une certaine angoisse lorsqu'elle se retrouvait au milieu de la foule. Elle s'y sentait comme phagocytée, pour être utilisée à des fins qui la dépassaient. Le public était dans un recueillement tendu. Lorsqu'ils montèrent sur la scène, Adam et son groupe furent accueillis par des cris extraordinaires. Adam saisit son micro des deux mains, comme si c'était l'unique voie de salut. Il ferma les yeux et s'efforça de saisir le jeu des instruments. Puis, l'ayant saisi, il s'efforça d'y régler le mouvement de son propre corps. Lorsque le mouvement de son corps ne fit plus qu'un avec celui de la musique, il ouvrit les yeux. Le mouvement irrésistible du regard de la foule le transporta hors de lui-même. Le public ne parlait pas, il respirait, d'un souffle régulier et inquiétant, un souffle pareil au souffle de la voûte céleste dans la nuit, à celui de la mer, de tout ce qui respire, vit et inquiète. Le rythme de la musique pénétra ce souffle, le rendit plus saccadé et plus violent. Adam commença à chanter, comme la voix sacrée de cette cérémonie céleste. "Un amant, la nuit..." Des cris d'approbation accompagnèrent le début de sa chanson. Il perdit pied et commença à chavirer. La musique et son propre chant n'avaient plus de consistance propre, ils étaient devenus le cri sacré de la foule. Il reprit le début de sa chanson. D'innombrables bras émergeaient de la salle, comme des torches. Il acquit la certitude d'être le maître de cérémonie d'un temple du feu.

La loge d'Adam fut assaillie par les admiratrices. Le service d'ordre les faisait entrer une à une suivant les instructions de Riman. Celui-ci pensait ainsi pouvoir découvrir celle qu'aimait Adam et comptait sur son imprudence pour la démasquer. Il avait installé à cette fin une caméra invisible dans la loge. Il était maintenant confortablement assis et assistait sur son écran à tout ce qui se passait dans la loge. Les fans défilaient dans la loge d'Adam, celle-ci lui sautant dessus, celle-là lui tendant timidement des fleurs, mais toutes ne sortaient que portées par le service d'ordre. Puis, Maniké entra Adam demanda au service d'ordre de refermer la porte derrière elle. Il se demandait quelle serait sa réaction lorsqu'il lui révélera la vérité entière de son amour.

— Pourquoi me regardes-tu ainsi ?

— J'hésitais à te révéler mon amour !

Riman avala sa salive de travers.

— Moi aussi j'hésitais. Tu m'aimes ?

— Oui, je t'aime !

— Pourquoi ne me l'avais-tu pas avoué la première fois ?

— Je ne le savais pas encore. Ce n'est qu'après avoir été éduquée à ne pas aimer que j'ai su que je t'aimais !

Riman en avait assez vu et entendu. Il se précipita vers la loge d'Adam.

— Alors Adam, vous avez cru pouvoir me berner ?

— Je ne voulais pas vous berner. Vous m'aviez interrogé sur mes sentiments pour Soho, non sur Maniké. Je pense que nous n'avons pas à rougir de la passion. Le sentiment n'est pas moins innocent que le désir. Les deux ne sont pas séparables comme vous voulez nous le faire croire au service. L'amour est la chose humaine qui n'a jamais été soumise à la loi !

Adam et Maniké furent placés dans deux camps de rééducation séparés.

5

Rééducation d'Adam

Riman se chargea lui-même chargé du transfert d'Adam. Ils descendirent à une profonde distance sous terre, pour prendre la rame souterraine qui reliait le Centre au Camp. Adam trouvait inquiétante cette rame, à cause de sa conception. Elle était entièrement en verre, un verre très fin et transparent qui donnait l'impression du vide. Le souterrain était éclairé par une lumière puissante et la chaleur y était très forte. On avait l'impression de se trouver à proximité du soleil ; d'ailleurs les puissants projecteurs au-dessus de sa tête étaient à l'image du disque solaire. Mais ce qui angoissait le plus, c'était l'unique rail sur lequel se déplaçait la rame à une vitesse vertigineuse. La vitesse était si grande qu'on avait l'impression de se déplacer dans le vide d'un océan de lumière. Adam, pour lutter contre cette impression de vide, qui donnait le vertige, fixait continuellement le rail sur lequel se déplaçait la rame. Ce rail était plus tranchant qu'un sabre et plus fin qu'un cheveu. Adam pensait à chaque moment qu'il allait sectionner la rame en deux et le plonger, lui, dans cet enfer éblouissant. La rame finit par accoster devant un portail dans lequel elle s'emboîta. Adam commençait à trouver sans fin ce voyage infernal. La rame finit par accoster. À la sortie, ils furent accueillis par un robot.

— Il y a longtemps qu'on ne vous a pas vu, dit-il, en s'adressant à Riman.

— Oui, c'est vrai, répondit celui-ci. Mais je vous amène aujourd'hui un cas très sérieux.

— Un amoureux, je suppose ?

— Oui, un amoureux !

— Nous allons nous occuper de lui. Suivez-moi !

Le robot les conduisit dans une salle qui était manifestement un salon de coiffure. Il y avait, devant l'une des glaces, un clavier d'ordinateur. Riman l'utilisa pour mettre en mémoire les données concernant Adam et s'en alla. Le robot demanda alors à Adam de se mettre complètement nu. Lorsqu'il eut fini, il appuya sur une sonnette, un androïde apparut.

— Prends tout ça, lui dit-il, en désignant les vêtements d'Adam et ses chaussures, et mets-le dans l'incinérateur !

51

Il fit asseoir Adam à l'une des tables de coiffure et lui rasa complètement la tête et la barbe. Ensuite, il le conduisit dans une salle de bains, le fit coucher dans la baignoire et lui rasa tous les poils sur le corps. Adam n'avait jusqu'ici opposé aucune résistance. L'androgyne du Centre l'avait prévenu : "Évitez surtout de résister, cela ne servira qu'à vous faire souffrir et mourir inutilement. Sachez aussi que dans ce genre de lieu la résistance physique ne sert à rien. Seule compte la résistance de l'esprit". Ces conseils et surtout le ton sur lequel ils étaient donnés créèrent chez Adam un sentiment de confiance timide vis-à-vis de l'androgyne.

Après avoir débarrassé Adam de tous ses cheveux, le robot le lava méthodiquement comme s'il voulait le débarrasser d'une souillure malsaine. Puis il le fit sécher et l'habilla. Au terme de cette table rase corporelle, Adam avait l'impression de naître une seconde fois.

— Maintenant, je vais vous conduire à votre cellule.

Il conduisit Adam dans un couloir de verre et d'acier exagérément éclairé, où il n'y avait aucune trace de présence humaine. Arrivé devant une porte, il sortit une carte et l'y introduisit. Un clavier se découvrit, il y composa un code. La porte s'ouvrit, il fit entrer Adam et la referma sur lui. Un silence sidéral s'installa dans la cellule qui devint une enceinte close se promenant dans l'espace. Le silence révéla à Adam une dimension insoutenable de son être : le tumulte de la vie dans son corps. La nature lui avait toujours caché cette dimension monstrueuse de son être. Maintenant, il distinguait très nettement les grondements du courant rapide de son sang dans ses veines, les flots dans ses boyaux et la symphonie étrange des vibrations complexes des fibres de son cerveau. Il ne pouvait supporter ce tumulte effroyable. Sa première réaction fut de se boucher les oreilles, mais son geste ne servit à rien, le tumulte venait de l'intérieur, s'élevant de toutes parts du fond de son corps. Il se débattait comme un forcené pour ne plus entendre ces bruits épouvantables. Il se levait, s'asseyait, toussait, criait, se roulait sur le sol, frappait sa tête contre tout ce qu'il trouvait. Rien n'y faisait, au contraire, le tumulte devenait encore plus fort. Dans cette agitation Adam s'oublia lui-même et oublia le monde. Il n'y avait plus que le tumulte inquiétant de la vie dans son corps.

Quelques minutes après que la porte se fut refermée, une voix résonna dans la pièce.

— Bienvenue Adam ! Bienvenue Adam ! Bienvenue Adam ! Bienvenue Adam ! Bienvenue Adam ! Bienvenue Adam ! Bienvenue Adam ! Bienvenue Adam ! Bienvenue Adam ! Bienvenue Adam ! Bienvenue Adam !...

Il avait du mal à le croire : c'était la voix de Maniké, certes amplifiée, mais sa voix quand même. Sur les quatre murs de la pièce clignotait l'image de Maniké, comme un flash éblouissant sans cesse répété. Sur tous les objets de la pièce, sur les murs, entre les images en flash, le nom de Maniké était écrit partout. Elle était partout, sa voix, son nom, son image, elle était l'atmosphère de la pièce et la substance de l'air qu'Adam y respirait. Elle était la pièce même, comme si Maniké était devenue un habitat. Cependant il y avait dans toute cette présence comme une absence, une simulation forcée. Et c'était cette absence qu'Adam ressentait le plus. Il s'efforça de réfléchir à sa situation. Mais c'était impossible à cause de la voix de Maniké qui ne s'arrêtait plus, et à cause des images en flash qui forçaient l'attention. Il ferma les yeux et se boucha les oreilles avec ses doigts.

Il ne savait pas combien de temps il allait rester dans le Camp ni ce qu'il devait faire pour en sortir. Il savait que Maniké était dans un autre camp et s'inquiétait pour elle, mais il était certain de l'impossibilité d'entrer en contact avec elle. Il n'arrivait pas à trouver les données pour réfléchir au comportement à suivre. Pourtant celles du problème étaient précises, évidentes. Il y avait d'abord la menace mortelle qui pesait sur l'amour de Maniké et sa volonté de préserver cet amour. Il y avait ensuite la nécessité d'entrer en contact avec Maniké pour adopter une stratégie commune. Pendant qu'il réfléchissait, il voyait à travers ses paupières fermées les flashs des images de Maniké et continuait à subir le martèlement de sa voix. Lorsqu'il rouvrit les yeux et enleva les doigts de ses oreilles, l'atmosphère obsédante de la pièce l'envahit de toutes parts. Comment un souvenir peut-il être aussi doux et aussi insupportable à la fois ?

La pièce était insonorisée. Le plafond était bas et l'air conditionné. Il n'y avait pas de fenêtre et la seule porte était aussi épaisse que celle qu'Adam souhaitait maintenant mettre à ses oreilles pour ne plus entendre la voix de Maniké. La pièce était exiguë, mais vide, ce qui donnait l'impression qu'elle offrait l'espace minimum nécessaire. Comme mobilier il n'y avait que le lit au milieu de la pièce. Le lit était rose, du même rose que celui de la pièce. Les vêtements d'Adam avaient aussi cette même couleur. Il resta longtemps assis sur le lit à regarder les images de Maniké qui apparaissaient et disparaissaient sur les murs-écrans de la pièce. Puis l'image disparut et la voix s'arrêta. Un silence bienfaisant s'installa dans la pièce. Adam ferma les yeux, respira profondément, renversa la tête, s'allongea sur le dos, en travers du lit, et s'endormit. Il fut réveillé, en sursaut, par la voix.

— Adam mon amour, réveille-toi ! Je sais que tu m'aimes. Je ne veux pas que tu t'endormes, je veux que tu continues à penser à moi !

Combien de temps avait-il dormi ? Il ne le savait pas. Il n'avait plus aucune notion du temps, cette dimension était abolie dans cette maudite pièce. Son réveil en sursaut l'avait rendu extrêmement nerveux, ses nerfs étaient maintenant à fleur de peau. Il se leva, se dirigea vers la porte, chercha la moindre ouverture à travers laquelle il pourrait glisser un regard vers l'extérieur, mais ne trouva qu'une épaisseur insonore, pas même le trou d'une serrure. Il frappa énergiquement la porte de ses deux poings fermés, mais ses coups ne produisirent aucun bruit, comme une image privée de son. Adam était coupé du monde. Le seul lien qui lui restait avec le monde était sa mémoire qui était maintenant entièrement envahie par l'image devenue insupportable de Maniké. Il comprenait maintenant le sens de cette mascarade monstrueuse. Il s'agissait d'une méthode particulièrement cruelle de lavage du cerveau : on voulait modifier dans sa mémoire l'image de Maniké, en la rendant insupportable.

Chaque fois qu'il arrivait à s'endormir, il était réveillé par la voix :

— Adam, réveille-toi mon amour. Je sais que tu m'aimes. Je ne veux pas que tu t'endormes, je veux que tu continues à penser à moi !

Mais c'était surtout la lumière qui torturait Adam : elle était toujours allumée. Il chercha à l'éteindre, mais ne trouva pas d'interrupteur dans la pièce. Il chercha à localiser les ampoules pour les casser. Elles couvraient toute la surface du plafond, mais étaient incassables. Il vivait donc sous une lumière perpétuelle. Si, au moins, il recevait des repas, il aurait pu s'y régler. Mais, pour se nourrir, il ne disposait que de capsules caloriques trouvées dans l'un des tiroirs, sous le lit. Il ne disposait d'aucun repère qui pouvait l'aider à conserver la notion du temps. Devant cette perte de la dimension temporelle de son être et des choses, il était parfois saisi d'angoisse soudaine. Dans ces moments, il doutait du monde et de sa propre existence. Pour surmonter ce doute angoissant, il écoutait son cœur, son rythme cardiaque. Certes, il pouvait écouter le temps derrière les battements de son cœur, mais ce temps-là ne lui donnait qu'une vague idée de la durée, non pas celle du monde, mais celle de son propre corps. Il n'avait plus aucune idée du temps chronologique, de la durée macrocosmique réglée par le mouvement des astres, par le jour et la nuit, nécessaire à l'équilibre des êtres vivants.

À cause de cette perte de la notion du temps chronologique, sa vie était complètement perturbée et tendait maintenant à se réorganiser autour de l'univers de la cellule. Mais cette réorganisation était rendue impossible par l'irrégularité de son univers audiovisuel. Ainsi la voix de Maniké arrivait dans la cellule de différentes manières. Parfois, elle résonnait juste le temps d'une phrase, parfois c'était par un long discours qu'elle assiégeait les oreilles d'Adam. Il avait essayé de déterminer ses intervalles en commençant à compter dès qu'elle résonnait de nouveau. Parfois, il n'avait pas le temps de compter jusqu'à dix, une autre fois il pouvait compter jusqu'à vingt, trente, cent. Il lui arrivait même de compter jusqu'à s'endormir, sans réentendre la voix. Il ne la réentendait que lorsqu'elle le réveillait de son sommeil.

Il commençait à ne plus savoir qui il était ; sa mémoire et sa connaissance de lui-même s'abolissaient dans l'univers destructeur de la cellule. Seul persistait, comme une étoile lointaine dans cette nuit blanche éternelle, son amour. Mais quel amour ? Certainement pas celui de la Maniké de la cellule. Cette Maniké-là, Adam souhaitait qu'elle n'eût jamais existé. Il savait que ce n'était pas ce monstre qu'il avait aimé. Celle qui le torture maintenant n'est qu'un simulacre de celle qu'il aime. Il avait fini par croire que l'univers se limitait à sa cellule. Lorsque, pour s'efforcer de surmonter ce sentiment, il se disait qu'il fut un temps où il n'y était pas, que les souvenirs qu'il avait encore de personnes et de situations passées témoignaient de l'existence d'un monde extérieur, l'irréductible évidence de l'univers de la cellule mettait cette mémoire en doute et finissait par l'abolir. Son amour se perdait dans sa mémoire comme le souvenir d'une autre vie.

Un jour ou une nuit, l'existence d'un monde extérieur se confirma : Androgyne entra dans la cellule.

— Bonjour Adam.

— Bonjour ? Quel jour sommes-nous ?

— Mercredi.

— Quelle heure est-il ? Il y a si longtemps que mon cœur a cessé de me donner l'heure.

— Midi. Le soleil est au-dessus de nos têtes.

— Encore à une distance respectable j'espère ?

Androgyne ne comprit pas ces paroles et les attribua au délire bien connu des amoureux.

— Il y a longtemps ?

— Oui, il y a longtemps. Aimez-vous toujours Maniké?

— Je l'aime toujours !

Androgyne s'attendait peut-être à une autre réponse. Il pensa qu'Adam allait ajouter quelque chose, mais celui-ci resta silencieux.

— J'ai vu Maniké. Elle est devenue presque folle.

— M'aime-t-elle toujours ?

— Oui, elle t'aime toujours. Elle a commencé hier sa seconde phase de rééducation.

— Sa seconde phase ?

— Oui, la phase du réapprentissage de l'homosexualité.

— Androgyne, vous qui êtes l'archétype de l'amour, du bonheur d'avant la séparation, pourquoi vous acharnez-vous à persécuter les amoureux ?

— Je suis là pour vous aider.

— Alors, dites-moi comment sortir du Camp !

— Il faut que vous réussissiez à prouver que vous n'aimez plus Maniké. Demain vous allez commencer la deuxième phase de rééducation. Elle ne prendra fin que lorsque vous serez revenu à la normalité, c'est-à-dire lorsque vous n'aurez plus les symptômes de l'amour. À l'issue de cette deuxième phase, vous subirez un test de mise en liberté. S'il subsiste chez vous le moindre sentiment pour Maniké, vous reprendrez le circuit de la rééducation.

Androgyne disparut aussi mystérieusement qu'il était arrivé et Adam se retrouva de nouveau seul face à l'univers clos de sa cellule. « Ainsi, pensa-t-il, j'ai pu surmonter la première phase sans perdre mon amour. » Certes, c'était une grande victoire que d'avoir su préserver son amour, mais il fallait trouver le moyen de cacher cet amour. C'était la condition pour sortir du Camp. Il se demanda si, comme le prétendait Androgyne, Maniké continuait toujours à l'aimer. Le seul symptôme d'amour que peuvent déceler les tests de sentimentalité, c'est l'émotion ressentie soit en présence de l'aimé, soit par sa simple évocation. C'est ce pouvoir d'engendrer l'émotion chez l'amant qui distingue l'aimé. C'est là la base de tous les tests de dépistage de l'amour. C'est par l'aimé que l'amour se trahit. Donc, pour garder le secret de l'amour, il faut le dissocier de l'aimé. Mais l'amour peut-il être sans l'aimé ? C'est ce dont Adam voulait se convaincre. Son expérience dans l'univers obsédant de sa cellule n'avait-elle pas prouvé que, quelque part, l'amour et l'aimé se séparaient ?

Dans la violence qu'il subissait dans sa cellule, Maniké, l'aimée, était devenue l'ennemie implacable de son amour. C'était Maniké qui parlait, c'était elle qui apparaissait et imposait son image agressive pour engendrer chez son amant la révolte et la haine. Peu importe que cette agression soit une mise en scène, le fait était là : l'image de Maniké se prêtait à la destruction de son amour. Cependant, l'aimé qui peut ainsi s'opposer à son amour n'est que l'image d'un corps qui n'épuise pas la réalité de l'aimé. Cette image est même parfois contraire à la réalité de l'aimé et à sa vérité. Si le corps et son image peuvent s'opposer à l'amour, c'est une preuve qu'il peut s'en passer. Depuis l'apparition d'Androgyne, la torture autour de l'image de Maniké a cessé.

Un jour, un robot entra dans la cellule et avec lui la vague bienfaisante du bruissement des êtres et des choses. Le tumulte de la vie se dissipa miraculeusement et Adam retrouva sa conscience fière et ses rêves chimériques. Mais il n'oubliera plus jamais le tumulte épouvantable de la vie dans son corps.

— Bonjour Adam. Je viens pour vous conduire à votre nouvelle cellule.

La nouvelle cellule était à peine plus grande que la première. Mais elle avait cet avantage inestimable d'avoir une fenêtre qui donnait sur un faux jardin, peint sur un mur très haut dont on ne pouvait pas voir le sommet. La pièce était confortablement meublée, mais surtout, elle était connectée au monde extérieur : il y avait d'abord comme premier niveau de connexion la possibilité pour les bruits de l'extérieur d'y arriver, même affaiblis. Il y avait aussi la lumière du jour et l'air du soir, qui pouvaient entrer par la fenêtre. De celle-ci, on ne pouvait pas voir grand-chose, la vue étant entièrement occupée par le mur-jardin. Mais la vue avait un autre horizon : le trou de la serrure plein de promesses. Par le trou de la serrure, on pouvait voir une bonne partie du couloir devant la porte et tous les êtres et toutes les choses qui transitaient par cet espace. Mais la plus importante connexion avec le monde extérieur, c'était la télévision, une télévision permanente sur laquelle Adam n'avait aucune emprise. Il ne pouvait ni l'arrêter, ni même changer de canal. Il y avait un écran gigantesque dans chacun des murs. C'étaient de simples écrans incrustés sans boutons ni appareils de commande. Adam subissait donc des programmes dont il ne voulait pas. Il essaya à plusieurs reprises de casser les écrans, mais n'y parvint pas. Les programmes qui défilaient invariablement sur les quatre écrans étaient conçus pour démystifier l'amour et souligner ses dangers. Le clou de ces programmes était une émission-débat, le seul programme auquel participait une femme. Celle-ci était invitée à l'occasion de la parution de son livre retentissant, *Le mensonge amoureux*. Il y avait deux autres invités à l'émission, l'un avait écrit une histoire de l'amour dans les anciennes civilisations, l'autre avait fait un court métrage sur l'agressivité qui fonde les rapports amoureux. L'émission commençait sans présentation et sans générique par le film. La première image, un gros plan sur une jeune fille d'une sensualité débordante, était filmée comme le début d'une scène de chasse.

La présence de la jeune fille crevait l'écran. On sentait la chaleur de sa respiration. Son souffle et la vie de son corps chatouillaient le micro dans une caresse insistante, obscène. Ce premier gros plan qui durait une bonne minute était comme une invitation à la mort. Puis un homme apparut, indifférent d'abord pendant quelques secondes, le temps que l'image de la jeune fille agisse sur lui. Brusquement, une violence inouïe tendit tous ses sens, comme pour l'arracher aux limites de son corps. Maintenant, l'homme fixait intensément la jeune fille, comme une victime sublime. Ensuite, le plan s'élargit pour replacer l'homme et la jeune fille dans le cours des êtres et des choses. Cependant, le sort était déjà jeté. Rien ne pouvait plus arrêter ce mouvement, sauf la violence de la fusion et de la mort. L'antenne revint au studio, comme la lumière dans une salle obscure à la fin d'un film.

— Il n'y a pas besoin, dit la femme écrivaine, de connaître l'auteur de ce film pour savoir que c'est un homme. La femme y est présentée comme celle qui trouble le cours tranquille de la vie, celle qui introduit l'agitation et la violence du désir, celle qui suscite l'amour. Mais la femme n'est pas qu'un objet du désir. Et s'il lui arrive de se poser comme un objet du désir, ce n'est pas un monopole. L'homme peut aussi provoquer le désir.

— Je n'ai pas de parti pris contre les femmes. J'ai seulement voulu filmer l'amour dans ce qu'il a d'intemporel. Là, nous sommes obligés de constater que les femmes ont le pouvoir de provoquer le désir des hommes, et ce pouvoir s'explique par leur attitude passive qui en fait des objets de désir. Nous savons tous que la démarche initiale de l'amour est la recherche d'une femme par un homme. Les hommes ayant l'initiative, les femmes se posent en objets de leur désir. Je ne veux pas dire par là que les femmes sont plus belles ou plus désirables que les hommes. Mais dans leur attitude passive, elles tentent d'obtenir, en suscitant le désir, la conjonction à laquelle parviennent les hommes en les poursuivant. Elles ne sont donc pas plus désirables, mais elles se proposent au désir. Elles se proposent comme des objets de désir aux hommes. Et même si elles se dérobent parfois ou feignent de se dérober, ce n'est qu'une autre manière de se proposer, d'attiser le désir. Or l'objet désiré doit précéder le désir. Si cela est vrai, c'est la femme qui créa Éros. C'est elle qui est responsable des malheurs de l'amour. À moins que l'homme n'ait été assez fou pour inventer son propre désir et l'objet de ce désir !

— C'est sans importance, dit le journaliste. L'essentiel c'est que nous sommes tous conscients aujourd'hui, hommes et femmes, du danger de la cohabitation et que nous sommes décidés à ne plus recommencer !

— Justement, dit l'homme écrivain, pour ne pas retomber de nouveau dans le piège de l'amour, il faut avoir présents à l'esprit les ravages de l'amour dans l'ancien temps. Le premier malheur de l'humanité fut le péché originel d'amour. C'est ce péché qui mit fin à l'existence heureuse des hommes. Ce fut la femme qui proposa l'objet interdit au désir de l'homme. Par l'inconscience de son acte, elle provoqua le malheur de l'humanité pour tous les temps à venir. Depuis, l'amour n'a cessé de semer la maladie et la mort parmi les hommes. L'amour a nourri les guerres. Vous avez encore présente à l'esprit la dernière guerre meurtrière dans laquelle l'amour plongea l'humanité. Nous avons mis longtemps avant d'adopter la séparation comme solution à l'amour. Avant cela, nous avions essayé plusieurs autres solutions dont la plus universelle fut le mariage.

" Dans le mariage, l'humanité avait cru pouvoir canaliser l'énergie destructrice de l'amour. Mais le mariage dégénéra définitivement lorsque la procréation fut dissociée de la sexualité. Cependant, l'échec du mariage était inscrit dans sa nature même. Son erreur a consisté à vouloir civiliser l'homme en ignorant le problème de la femme. Le mariage a tenté de civiliser la violence de l'amour viril en le subordonnant à la passivité de l'amour féminin. Dans le mariage les femmes réussirent à transformer le désir en amour, la luxure en sentiment. Elles inventèrent l'amour sentiment, chose factice, contre nature, avec son désir de permanence et d'exclusivité. Elles canalisèrent l'énergie du désir de l'homme dans le travail, le foyer et la famille. Mais dans le mariage, seul le comportement sexuel de l'homme fut changé. Le comportement sexuel de la femme resta identique à ce qu'il était avant l'apparition de la famille. En tentant de policer le désir viril, les femmes ont substitué à l'innocence du désir la corruption de l'amour-sentiment.

" Elles réussirent à lier chaque homme à ses enfants, à transformer les chasseurs en pères, à faire des enfants des citoyens. Elles transformèrent la volonté de puissance en force de travail. Toute l'institution du mariage s'organisa comme s'il n'y avait rien à craindre du côté de la femme. Mais la femme inventa l'amour et culpabilisa les sens, puis dans sa volonté de corrompre le désir de l'homme elle réussit à le dissocier de la procréation. Transformé en sentiment et vidé de sa fonction, le désir n'avait plus de sens ; il est devenu une aberration. Devenu une fonction vide, il donna libre cours à son déchaînement, semant partout la souillure, la maladie et la mort. Ce n'est jamais impunément qu'on leurre la nature. Les hommes ne craignaient pas la pléthore, confiants qu'ils étaient dans leur science. Ils n'avaient pas su comprendre que la pléthore, c'est la mort. Pour préserver la procréation, l'humanité la dissocia de l'activité sexuelle devenue synonyme de maladie et de mort."

— Que pensez-vous de la démarche de ce livre qui nous présente l'histoire de l'amour comme celle d'une illusion qui commence par une malédiction et finit par une aberration ? dit le journaliste en se tournant vers la femme écrivaine.

— Appelez-le illusion ou mensonge, dit l'Auteure, peu importe ! L'essentiel, c'est que les femmes n'y ont jamais cru, même si elles arrivaient parfois à faire croire le contraire aux hommes. L'histoire de l'amour qui est en fait l'histoire de la civilisation est toujours restée extérieure aux femmes ; elle n'a jamais entamé le fond de la nature féminine. Les hommes ont pensé trouver dans la maternité le mot de l'énigme de cette nature. Mais lorsque la maternité fut dissociée de la femme (avec la prise en charge de la procréation par la technique), cette énigme se reposa de nouveau dans toute sa complexité.

" En fait, s'il y a illusion, c'est le mensonge de l'homme à lui-même, dans son image de la femme. L'homme se fait une image de la femme, et la femme intègre cette image, sans mettre en jeu son être véritable. Il arrive ainsi qu'une femme se crée plusieurs esprits et âmes de rechange. Mais ce ne sont là que des masques de sa véritable personnalité, des masques qu'elle construit avec l'imagination et les sentiments de l'homme qu'elle approche, de sorte qu'elle apparaît comme étant neutre et comme n'ayant pas de vie intérieure. L'homme suggère à la femme une fausse image calquée sur l'idéal erroné qu'il se fait de lui-même et la femme lui renvoie cette image en feignant d'y croire. En réalité, nous n'avons jamais donné aux hommes que des masques vides, parce que les hommes sont si prétentieux qu'ils sont incapables de découvrir en nous autre chose que leur propre désir. Se penchant sur nous, ils prétendront chercher notre âme, mais ne découvriront que l'image de leur propre nostalgie, une image qui n'est que le miroir de leur propre imagination, une copie fidèle de leurs illusions que nous empruntons un instant, le temps de nous parer du masque de leurs désirs.

" Le plaisir, que les hommes prennent tant au sérieux, a toujours été pour nous une simulation, une comédie. Certes, la volupté ne nous manque pas, mais notre volupté est au-dessus des hommes. Nous avons voulu que le sentiment enveloppe le désir parce que les hommes le maintenaient au-dessous du nombril. Dans le mariage, les hommes ont voulu faire de nous des esclaves, mais par notre astuce, nous avons pu nous assurer la maîtrise. Ayant échoué dans leur volonté de domination, les hommes nous chantèrent l'égalité et l'harmonie prédestinée des deux sexes. Par l'amour, ils prétendirent faire notre bonheur. Quel don de persuasion, en effet, ne faut-il pas à l'homme pour qu'il se croie capable de faire le bonheur de la femme : Indigence des âmes à deux ! Immondice des âmes à deux ! Pitoyable bien-être à deux ! Zarathoustra parlait pour les femmes. Cependant, je sais qu'il existe encore des femmes qui ont le cœur gonflé à l'idée de pouvoir inspirer l'amour. Mais si un jour, elles vont au bout de leur illusion, elles se rendront compte de leur folie. Mais il sera, hélas, trop tard ! "

6

Rééducation de Maniké

Maniké avait beaucoup souffert pendant sa première phase de rééducation. Le nom d'Adam, son image et son souvenir lui étaient devenus insupportables. Au terme de cette première phase, elle était sûre de sa haine envers lui. Maintenant, elle ne savait plus ; Adam avait une double présence dans sa mémoire. Il y avait, d'une part, le souvenir merveilleux de celui qu'elle avait connu à l'examen d'aptitude au service et dont l'amour s'était accru dans son âme jusqu'à la transporter vers lui au prix de sa liberté. Il y avait d'autre part l'homme instrument de sa torture et destructeur inlassable de la mémoire de son amour. Elle était tiraillée entre ces deux mémoires opposées. Sa nouvelle vie la préparait plutôt à oublier Adam et les hommes en général. Autour d'elle, il n'y avait que des femmes et des androgynes. Le contrôle et la manipulation des esprits étaient si violents dans le Camp qu'elle se demandait si elle n'allait pas devenir folle pour le reste de sa vie. Une des éducatrices, une androïde androgyne, avait essayé de la réconforter. Elle avait même cru voir en elle un complice de son amour.

— Je pense que tu arriveras à t'en sortir, lui avait-elle dit. L'essentiel dans cette seconde phase, c'est que toi et Adam, vous trouviez un moyen de sublimer votre amour pour pouvoir passer le test de mise en liberté.

— Mais comment sublimer notre amour ?

— Il faut le spiritualiser, le rendre indépendant du corps de votre partenaire.

Elle n'en dit pas plus ce jour-là. Maniké réfléchit longtemps après son départ. Que resterait-il de l'amour si on y supprimait le désir de posséder le corps de l'aimé ? Elle avait remarqué à plusieurs reprises qu'il lui arrivait d'oublier Adam. Mais toujours, lorsque son souvenir lui revenait, son âme l'intégrait à la même place et l'enveloppait du même sentiment. Cette place qu'il occupait dans l'âme, c'était là peut-être son amour. Ainsi l'amour pouvait-il se conserver sans l'aimé.

Depuis son arrivée au Camp, elle ne s'était pas fait beaucoup d'amies. Pourtant, elle avait connu beaucoup de femmes dans les différents programmes. Mais chacune donnait l'impression de se méfier des autres. Il y avait là des femmes très âgées qui avaient fait des dizaines de

70

fois le circuit de la rééducation et dont la plupart finiront leur vie dans le Camp ; on les appelait les "Inconsolées". C'étaient celles dont Maniké recherchait le plus la compagnie. Elle les interrogeait sur leur expérience, comment elles avaient échoué dans le test de mise en liberté. Elle avait déjà beaucoup appris d'elles sur les erreurs à ne pas commettre pendant le test et sur les secrets du Camp. Dans le Camp se déroulaient des expériences sur les hormones sexuelles et leurs actions sur les facteurs biologiques et psychologiques de la libido. Les femmes qui venaient dans le Camp servaient de cobayes pour ces expériences. Dès le premier jour, elles commençaient un traitement à base de progestérone, une hormone femelle qui, à fortes doses, peut provoquer l'anaphrodisie. Ce traitement se poursuit durant toute la première phase de l'expérience. Maniké l'avait très mal supporté. Son effet sur elle fut, dans un premier temps, de modifier la sensibilité de son corps. Par la suite, la perception qu'elle avait de son propre corps changea. Ce changement culmina à la fin de la première phase de sa rééducation où elle en était arrivée à dissocier sa propre conscience d'un corps qui n'était plus le sien.

Pendant toute la durée de son traitement, elle était suivie par la même éducatrice, chargée de lui réapprendre l'homosexualité, de pratiquer sur elle toutes les formes de stimulations nécessaires et de vérifier l'évolution de sa courbe de plaisir. Avant le traitement, Maniké sentait la présence sensuelle de son corps. Il lui arrivait souvent de sentir la fièvre du désir monter en elle par le simple souvenir d'une expérience sensuelle et même parfois simplement en se croisant les jambes. Elle se rappelait avoir atteint, après sa séparation avec Adam, ses orgasmes les plus intenses par simple masturbation. Elle se rappelait aussi avoir éprouvé pendant ses premiers jours au Camp plusieurs orgasmes sous les caresses de l'Éducatrice. Mais lorsqu'elle fut soumise au traitement à la progestérone, elle n'éprouva plus cette sensualité qui lui rendait son corps si présent. Il fallait que l'Éducatrice s'acharnât longtemps sur elle avant qu'elle n'éprouve du plaisir, un plaisir fugitif.

Chaque fois que l'Éducatrice finissait de lui faire l'amour, elle allait se mettre devant l'ordinateur près de la fenêtre. Elle restait un long moment à appuyer sur les différentes touches comme si elle jouait du piano. Puis elle s'arrêtait et fixait l'écran jusqu'à ce qu'une courbe bien nette apparaisse. Elle la regardait un moment, puis appuyait sur une touche. La courbe disparaissait et l'Éducatrice quittait la pièce. Au début, Maniké ne comprenait rien à ce manège, mais elle finit par comprendre la relation entre l'intensité de son propre plaisir aux moments où l'Éducatrice lui faisait l'amour et les courbes que celle-ci traçait sur l'ordinateur. Les premières courbes étaient en flèche. Mais au bout de quelques semaines, elles tendaient à s'aplatir sur l'écran, comme une ligne droite. Cette variation de la courbe de son plaisir s'accompagna d'une modification de sa mémoire. L'image d'Adam, par exemple, avait complètement changé dans son souvenir. Avant le traitement à la progestérone et ses effets, cette image était façonnée par les moments de plaisir et de volupté auxquels elle s'associait. Maintenant, Adam n'était plus dans son souvenir qu'un ami, un complice.

Le désir, en quittant son corps, sous l'effet de la progestérone, avait aboli les aspects sexuels de sa personnalité. Elle considérait maintenant la sexualité comme une chose basse et sale dont elle voulait se tenir à l'écart. Elle se mit à haïr son corps qui ne lui inspirait plus que du dégoût. C'était comme si elle avait été séparée de son propre corps qui lui était devenu étranger. Ce désert sensuel laissait place à la fertilité du sentiment. L'expérience aboutissait à renforcer ce qu'elle voulait détruire. À l'origine du traitement à la progestérone, il y a l'idée selon laquelle l'amour-sentiment n'est que le reflet du désir dans l'imagination. Il suffirait donc de supprimer le désir pour faire disparaître son reflet dans l'imagination. L'expérience avait donné des résultats divergents. Chez certaines femmes le sentiment amoureux avait complètement disparu avec le désir, chez d'autres il avait pris sa place. Maniké était de celles-ci. Son sentiment pour Adam s'était renforcé même s'il avait perdu sa dimension libidinale. La progestérone lui avait révélé l'amour par-delà le désir. En réalité, celles chez qui l'amour avait disparu avec le désir n'aimaient pas vraiment ; leur amour n'était qu'un reflet imaginaire de leur désir, une apparence de sentiment. Seules aiment celles dont le sentiment survit à la mort du désir et s'en nourrit.

Au terme du traitement à la progestérone, Maniké fut convoquée au bureau de la Supérieure. Celle-ci avait la quarantaine bien conservée, des cheveux roux coupés très court sur un large front prolongé par un nez d'une grande finesse, dont les narines frémissaient imperceptiblement. Ses grands yeux profonds étaient comme ceux d'une hypnotiseuse ; son regard inquiétant scrutait jusqu'au fond de l'âme. Ses lèvres charnues, d'un rose vif, témoignaient d'un goût immodéré pour le plaisir. Lorsque Maniké entra, la Supérieure l'invita à s'asseoir directement en face d'elle, tout en la regardant droit dans les yeux. Maniké commençait à être terrorisée par ce regard. Elle savait que la Supérieure allait l'interroger sur son sentiment pour Adam et la peur renforça sa résolution à cacher la vérité.

— Vous reste-t-il encore quelque chose de l'amour d'Adam ?

La douceur de sa voix contrastait avec la sévérité de son regard.

— Non ! Il faut dire que j'ai maintenant tendance à l'oublier !

La Supérieure se leva. Elle était plutôt grande. Sa silhouette était extrêmement féminine, mais elle dégageait en même temps une impression de force extraordinaire. Elle leva le bras et gifla Maniké violemment du revers de la main.

— Maintenant, reprenons depuis le début, dit-elle en se rasseyant.

La gifle a été si violente que Maniké est tombée de son siège. Le ton définitif de la Supérieure la décida à dire toute la vérité. De toute façon, elle savait déjà par les Inconsolées que des drogues étaient injectées aux prisonnières pour leur arracher des aveux.

— Vous reste-t-il encore quelque chose de l'amour d'Adam ?

— Oui ! Son souvenir est plus présent que jamais, il m'habite comme le souffle de la vie qui m'anime !

— Vous l'aimez donc toujours ?

— Oui, je l'aime ! Je l'aime encore plus depuis que j'ai su que cet amour dépassait le désir de son corps.

— Que peut-il y avoir de commun entre vous ?

— Il existe entre nous une harmonie prédestinée !

Maniké était à la fois soulagée d'avoir dit la vérité à la Supérieure et inquiète des conséquences qui pourraient résulter de cela. Encore sous le choc de la violence de l'interrogatoire qu'elle venait de subir, elle se rendait compte de la gravité de sa situation. « Peut-être qu'ils me garderont dans le Camp jusqu'à ma mort, qui d'ailleurs surviendra très rapidement, dans quelques jours ou quelques semaines, sous l'effet des expériences pratiquées sur moi. Par quel destin inexorable me suis-je retrouvée ainsi entre les mains de tels monstres ? Je n'ai jamais voulu aimer. L'amour m'avait atteinte comme une maladie incurable, et lorsque je m'en suis rendu compte, il était déjà trop tard, je n'y pouvais plus rien. » Elle se rappela la sentence d'Androgyne : « Personne n'est libre d'aimer, l'amour est un acte fatal ! »

— Reconduisez-la, dit la Supérieure, et commencez pour elle dès demain le traitement que je vous ai indiqué.

L'Éducatrice fit signe à Maniké de la suivre. Elle s'exécuta, soumise et résignée. Cependant, pour elle, la soumission et la résignation n'étaient que des attitudes extérieures. Il y avait au plus profond de son âme une détermination farouche à affronter son destin. À la sortie du bâtiment, Maniké leva la tête. Le ciel était bas, un ciel couleur de plomb, soudé à la terre, aux choses et aux êtres, par une épaisse brume à humide. Les êtres et les choses en perdaient leurs tonalités individuelles ; leur surface était entièrement couverte par cette fumée rampante, inodore, proche de la couleur de l'eau. À droite, on pouvait distinguer les deux premiers étages et la moitié du troisième d'un bâtiment solidement plantée dans la terre, qui semblait résister au ciel qui en avait déjà englouti une bonne partie. Sur les vitres du rez-de-chaussée se reflétait la couleur sans forme du brouillard. Derrière la vitre de la troisième fenêtre, en comptant à partir de la grande porte d'entrée dans le sens de la droite, un regard patient et attentif pouvait distinguer un visage

76

humain qui semblait appeler au secours. À moins d'un mètre devant Maniké, l'Éducatrice marchait à la même vitesse, la tête baissée, les épaules tombantes, sous le fardeau de sa propre pensée. Sa silhouette épaisse semblait être jetée là par le destin, errant avec l'illusion d'avoir un but, illusion dont elle ne prendrait conscience que trop tard, au moment de sa mort.

Arrivée dans sa cellule, Maniké voulut en savoir plus sur le traitement qu'avait ordonné la Supérieure.

— On va te resensibiliser par des androgènes, jusqu'à ce que tu retrouves ta libido normale. Pour ce faire, je te ferai une injection quotidienne de dix grammes de propionate de testostérone.

Au bout de quelques jours de ce traitement, Maniké avait des cheveux qui lui poussaient partout. Sa poitrine s'était couverte d'une toison épaisse. Sa voix était devenue d'une raucité caverneuse. Elle était terrorisée par cette métamorphose de son corps. Chaque jour, au moment de lui faire son injection, l'Éducatrice était obligée de demander du renfort pour la maîtriser. Un jour, elle eut la visite d'Androgyne. Elle était visiblement surprise de la retrouver dans un tel état. Maniké était assise sur le bord du lit en chemise souple couvrant le tiers supérieur de ses cuisses. Le regard d'Androgyne s'était fixé sur sa poitrine à moitié découverte. Elle était fascinée par ces seins dressés dans une poitrine velue et désirait éprouver leur contact.

— J'ai vu Adam, dit-elle, essayant de penser à autre chose.

— Ah, dit Maniké d'une voix de stentor qui résonna dans toute la pièce. Il est si loin de moi et si proche en même temps. Tout ce que j'endure ici, c'est pour lui que je le supporte. Mais quelque chose me dit que je ne le reverrai peut-être jamais.

Cette voix était si étrange, si grave, si caverneuse qu'Androgyne avait du mal à l'attribuer à Maniké.

— Androgyne, dit-elle, vous savez ce qu'on me fait subir ici. Je sais que je suis irrémédiablement atteinte de la maladie d'amour. Mais j'ignore comment j'ai pu attraper cette maladie. Vous qui possédez le secret de l'amour, ayez pitié de moi et expliquez-moi au moins comment ce délire a pu me toucher. Peut-être que la connaissance soulagera ma douleur.

— C'est une chose très grave que vous me demandez là. Car je n'ai jamais révélé à personne le secret de l'amour. Et si je consens à vous le révéler, vous devez savoir que vous courez le risque de perdre votre amour ; car l'amour a besoin d'illusion, si vous percez son mystère, vous lui fermez votre cœur et il se retirera comme la lumière du jour d'une pièce dont on ferme portes et fenêtres. Certes, vous souffrez maintenant et vous attribuez tous vos malheurs à l'amour... Mais sachez que l'amour est une félicité que beaucoup recherchent toute leur vie durant, sans jamais la trouver. Parmi les bienheureux qui connaissent l'amour, rares sont ceux qui savent le garder. Si je vous révèle le secret de l'amour, vous le perdrez peut-être avec vos illusions. Alors vous me reprocherez de vous avoir fait perdre la seule raison de vivre que vous n'ayez jamais eue.

— N'ayez crainte ! Si mon amour ne tient qu'à une illusion, je n'aurai aucun regret de le perdre. D'ailleurs, je ne suis même pas sûre de vouloir le garder.

— Sachez que le secret de l'amour a été déchiffré pour la première fois par Platon, un philosophe ancien dont les œuvres sont aujourd'hui malheureusement perdues. Jadis, disait-il, « notre nature n'était pas ce qu'elle est à présent et l'amour était inconnu. Il y avait trois espèces d'hommes et non deux, comme aujourd'hui : le mâle et la femelle et une troisième ; il s'agit de l'espèce androgyne qui avait la forme et le nom des deux autres, mâle et femelle. De plus, chaque homme était dans son ensemble de forme ronde avec un dos et des flancs arrondis, quatre mains, autant de jambes, deux visages tout à fait pareils sur un cou rond, et sur ces deux visages opposés une seule tête, quatre oreilles, deux organes de la génération et tout le reste à l'avenant. Il marchait droit, comme à présent, dans le sens qu'il voulait, et quand il se mettait à courir vite il faisait comme les saltimbanques qui tournent en cercle. Lançant leurs jambes en l'air, s'appuyant sur leurs membres qui étaient au nombre de huit, ils tournaient rapidement sur eux-mêmes. Et ces trois espèces étaient ainsi conformes parce que le mâle tirait son origine du soleil, la femelle de la terre, l'espèce mixte de la lune qui participe de l'un et de l'autre. Ils étaient sphériques et leur démarche aussi, d'une force et d'une vigueur extraordinaires ; et comme ils étaient d'un grand courage, ils tentèrent d'escalader le ciel pour combattre les dieux.

» Alors Zeus délibéra avec les autres dieux sur le parti à prendre. Le cas était embarrassant. Ils ne pouvaient se décider à tuer les hommes et détruire la race humaine à coups de tonnerre, comme ils avaient tué les géants, car c'était anéantir les hommages et le culte que les hommes rendaient aux dieux ; d'un autre côté, ils ne pouvaient pas non plus tolérer leur insolence. Enfin Zeus, ayant trouvé non sans peine un expédient, prit la parole : "Je crois, dit-il, tenir le moyen de conserver les hommes tout en mettant un terme à leur licence, c'est de les rendre plus faibles, je vais immédiatement les couper en deux l'un après l'autre, nous obtiendrons ainsi le double résultat de les affaiblir et de tirer d'eux davantage puisqu'ils seront plus nombreux. Ils marcheront droit sur deux jambes. S'ils continuent à se montrer insolents et ne veulent pas se tenir en repos, je les couperai encore une fois en deux." [C'est cette deuxième coupure dont l'humanité vit l'épreuve aujourd'hui.] La première fois Zeus coupa les hommes en deux comme on coupe un œuf avec un cheveu, et chaque fois qu'il en avait coupé un, il ordonnait à Apollon de retourner le visage et la moitié du cou du côté de la coupure, afin qu'en voyant sa coupure l'homme devînt plus modeste et il lui commandait de guérir le reste. Apollon retournait donc le visage et, ramassant de partout la peau sur ce qu'on appelle à présent le ventre, comme on fait des bourses à courroie, il ne laissait qu'un orifice et liait la peau au milieu du ventre : c'est ce qu'on appelle le nombril. Puis il polissait la plupart des plis et façonnait la poitrine avec un instrument pareil à celui dont les cordonniers se servent pour polir sur la forme les plis du cuir, mais il laissait quelques plis, ceux qui sont au ventre même et au nombril, pour signifier l'antique châtiment.

» Or quand le corps eut été ainsi divisé, chacun regrettant sa moitié, allait à elle, et s'embrassant et s'enlaçant les uns les autres avec le désir de se fondre ensemble. Les hommes mouraient de faim et d'inaction parce qu'ils ne voulaient rien faire les uns sans les autres, et quand une moitié était morte et que l'autre survivait, celle-ci en cherchait une autre et s'enlaçait à elle. Mais peu à peu la race s'éteignit. Alors Zeus, touché de pitié, imagina un autre expédient : il transposa les organes de génération sur le devant et par là fit que les hommes engendrent les uns avec les autres, c'est-à-dire le mâle dans la femelle. Cette disposition avait deux fins. Si l'étreinte avait lieu entre un homme et une femme, ils enfanteraient pour perpétuer la race ; si elle avait lieu entre deux hommes, la satiété les séparerait pour un temps ; ils se mettraient au travail et pourvoiraient à tous les besoins de l'existence. C'est de ce moment que date l'amour inné des hommes les uns pour les autres : l'amour recompose l'antique nature, s'efforce de fondre deux êtres en un seul et de guérir la nature humaine. » Cette punition des dieux qui engendra l'amour, c'est la mutation qui a donné lieu à la première division sans reproduction qui fit apparaître des cellules à n chromosomes à partir d'une cellule à 2 n chromosomes. C'est la méiose, ou réduction chromatique, qui a produit des cellules sexuelles à n chromosomes lors de la formation des gamètes de la génération suivante. Les gamètes ou cellules reproductrices ne possèdent qu'un seul exemplaire de chaque paire de chromosomes, elles ne contiennent plus que vingt-trois chromosomes, la cellule germinale perd au cours de sa maturation la moitié de ses chromosomes. Les cellules ainsi coupées en deux recherchent chacune sa moitié. Alors elles tendent à se rapprocher puis à fusionner en une seule. C'est la fécondation qui reconstitue le capital complet de la cellule humaine, qui est de quarante-six chromosomes.

"Du fait de la division du capital chromosomique de la gamétogenèse (quarante-six chromosomes dont deux X pour l'ovogonie et quarante-six chromosomes dont un X et un Y pour la spermatogonie), certains gamètes sont porteurs de l'X, d'autres de l'Y. En conjuguant leurs noyaux lors de la fécondation, l'ovule vierge et le spermatozoïde ajoutent leurs chromosomes. La cellule initiale du développement de l'individu retrouvera ainsi ses vingt-trois paires de chromosomes. C'est ce qu'a suggéré Platon en disant que l'origine de l'amour fut la division des hommes en deux moitiés, et que « l'amour recompose l'antique nature, s'efforce de fondre deux êtres en un seul et de guérir la nature humaine..."

— Mais comment s'opère cette réduction de moitié du nombre de chromosomes ?

— C'est la coupure, la division d'un même être en deux moitiés, comme avait dit Platon. Les cellules-mères des futurs gamètes femelles ou mâles sont issues de cellules germinales primordiales, par une série de divisions qui, comme dans les autres tissus de l'organisme, assurent dans chacune des deux cellules filles le passage de quarante-six chromatides et d'un code génétique complet. La suite des mitoses est interrompue et les cellules souches appelées spermatogonies ou ovogonies s'engagent dans le processus de réduction du nombre des chromosomes. Les chromosomes se groupent par paire, élément contre élément. Ces vingt-trois paires se dissocient ensuite. Un élément de chaque paire passe dans une ou l'autre des deux cellules filles. Celles-ci n'ont donc plus que vingt-trois chromosomes, c'est-à-dire la moitié du capital génétique initial.

— La femme et l'homme sont donc ces deux moitiés ?

— Dans la spermatogenèse, les hétérochromosomes X et Y sont ségrégés. La moitié des spermatozoïdes sont pourvus d'un X, les autres d'un Y. Le sexe mâle est hétérogamétique, le sexe femelle homogamétique. Tous les ovules vierges sont pourvus d'un X, ils sont fécondés en principe soit par un spermatozoïde porteur de X et l'embryon qui se développera aura les deux X caractéristiques des femelles, soit par un spermatozoïde porteur d'Y et le développement sera engagé dans le sens mâle. L'égalité numérique des spermatozoïdes X ou Y assure la conception d'un nombre potentiellement égal de filles et de garçons. C'est en bafouant cette loi de la nature que la société avait connu la ruine et tous les drames de la séparation que nous vivons aujourd'hui.

" Mais revenons à Platon pour bien saisir le sens de la complétude du sentiment amoureux. Les humains parce qu'ils ne sont qu'une moitié et parce qu'ils sont mortels cherchent à être un tout complet et à devenir immortels. C'est le désir et la poursuite de cette immortalité qu'ils appellent amour. « C'est parce qu'ils sont tous des moitiés que les hommes sont féconds, qu'ils ont le désir d'engendrer. L'amour fut d'abord enfantement dans l'union de l'homme et de la femme. La génération délivrait l'homme de la grande souffrance du désir. La beauté est, pour celui qui désire, l'image de sa moitié qu'il cherche. Ainsi quand l'être pressé d'enfanter s'approche du beau, il devient joyeux et, dans son allégresse, il se dilate, enfante et produit. Quand, au contraire, il s'approche du laid, renfrogné et chagrin, il se resserre sur lui-même, se détourne, se replie et n'engendre pas ; il garde son germe et il souffre. De là vient pour l'être fécond et gonflé de sève le ravissement dont il est frappé en présence de la beauté parce qu'elle le délivre de la grande souffrance du désir. L'amour, c'est le

désir de la génération et de l'enfantement dans le beau. »
Telle fut, du moins à son origine, la signification de
l'instinct sexuel. Mais le propre de cet instinct, c'est de
pouvoir changer d'objectif sans perdre de son intensité. À
l'origine, l'amour fut la recherche de deux consécrations :
l'une nécessaire est le plaisir, l'autre, généralement
virtuelle, mais nécessaire sous certaines conditions, est la
procréation. À partir de là trois possibilités sont offertes à
l'individu : le plaisir sans procréation, le plaisir avec
procréation, la procréation sans plaisir.

" Plaisir et procréation sont naturellement associés,
c'est la société humaine qui les a dissociés. Cette
dissociation se fit progressivement. Ainsi, dans les
sociétés anciennes, le rôle reproducteur de l'amour était
privilégié. Ceux qui, dans l'amour, n'étaient animés que
par la recherche du plaisir se plaçaient en état de péché
mortel. Mais progressivement, le contrôle technique de la
procréation aidant, les hommes s'acheminèrent vers la
recherche du plaisir et expulsèrent de l'amour la
procréation qu'ils confièrent à la technique. Il en résulta
une deuxième coupure, la séparation des hommes et des
femmes. "

Androgyne s'arrêta brusquement et se leva pour partir.
Maniké ne reconnaissait pas son amour dans ces
explications. Elle était maintenant certaine que son
amour était un sentiment sublime au-dessus de
l'entendement humain. Elle se résout à se plier à son
empire, sans plus chercher à le comprendre.

Ces derniers jours, Maniké pensait peu à son amour. Elle était angoissée par les transformations viriles de son corps sous l'effet des androgènes. Elle retrouvait la sensation de son corps, mais cette sensation était répulsive. Par la suite, elle fut soumise à un nouveau traitement, à base d'œstrogènes cette fois. Avant de commencer cette nouvelle expérience, la Supérieure convoqua l'Éducatrice pour établir avec elle un programme de recherche. Les effets des œstrogènes devaient être précisés dans trois domaines. Premièrement leurs effets sur le cycle, deuxièmement sur la conformation du squelette, et enfin leur action sur la silhouette. Voyant qu'on la soumettait à une nouvelle expérience, Maniké entra dans un profond désespoir. Elle n'en pouvait plus de continuer à subir la torture du Camp. Elle décida de trouver un moyen d'en sortir, quel qu'en soit le prix. Ce n'était certes pas la première fois qu'elle y pensait, mais maintenant elle savait que c'était par elle-même que la solution devait arriver. Depuis quelque temps, la même crainte polie et froide habitait son esprit, s'insinuait dans tous les recoins de chacune de ses pensées : la peur de finir sa vie dans ce camp maudit, de connaître le même sort que les Inconsolées. Quelques jours après le début de son nouveau traitement, tous les signes de virilité avaient disparu. Plus de poils sur son corps, comme si on l'avait soigneusement épilé. Sa voix devenue langoureuse avait retrouvé son timbre et sa douceur habituelle, ses seins avaient gonflé doublant leur volume et ils avaient acquis une sensibilité voluptueuse.

Dès le premier jour du service, Maniké avait commencé à douter d'elle-même et du sens de la vie. Pourquoi devrait-elle, sa vie durant, porter la responsabilité des conflits passés ? Dans sa prime jeunesse, elle avait eu la certitude de penser et d'agir librement, ou plutôt elle n'avait jamais eu à se poser la question de la liberté de ses actes ; n'ayant jamais voulu agir autrement, elle était certaine de vivre la vie qu'elle voulait. Avant le service, son univers était exclusivement féminin. Le modèle absolu pour elle, c'était sa mère détentrice toute-puissante de la loi créatrice et féminisante. Elle a toujours eu des rapports exceptionnels avec sa mère. À l'époque de sa conception, la majorité des femmes, pour éviter les risques et les inconvénients d'une grossesse, préféraient louer un utérus artificiel. Sa mère n'avait pas voulu d'une telle solution. Lorsqu'elle avait décidé de l'avoir, elle avait pris toutes les mesures pour assurer l'engagement de son être total dans la conception de sa fille. Contrairement aux autres femmes, elle n'avait pas voulu de l'insémination artificielle, elle avait décidé d'attendre l'époque de son service pour concevoir sa fille. Arrivée à son centre de service, elle avait hésité longtemps avant de choisir l'homme qui serait le père de sa fille. Elle connaissait tous les risques d'une fécondation naturelle et était prête à y faire face. Le plus difficile était de s'assurer dès la première semaine de la grossesse que l'enfant était bien une fille, car, pour une femme, avoir un garçon conduisait à la prison à vie et à l'exécution de l'enfant. Pour contourner ce risque, elle avait payé un prix exorbitant, s'assurant les services d'un laboratoire clandestin spécialisé dans la détermination du sexe des embryons. Mais ce qu'elle redoutait le plus, c'était que les autorités du service découvrent qu'elle était enceinte, car ils la feraient immédiatement avorter. Il était interdit aux femmes de tomber enceintes pendant le service. Elle décida de ne faire son enfant que deux semaines avant la fin du service. Le moment venu, elle tenta une première grossesse, avortée quatre jours après : les analyses ayant révélé que c'était un garçon. Elle tenta une deuxième grossesse alors qu'il ne restait plus qu'une semaine. Cette fois les analyses furent positives : c'était une fille. Elle courut vers son père, le couvrit de baisers et de larmes sans qu'il comprît de quoi il s'agissait. Maintenant, il fallait protéger sa fille des avorteurs du service.

Chaque femme, à la fin de son service, était, soumise au test de grossesse dont le principe était la mise en évidence de l'hormone chorionique gonadotrope (hCG) ou prolan B, que sécrète le placenta de la femme enceinte. Tous les matins, pendant les cinq derniers jours, elle s'était mise à boire deux litres d'une boisson à base de maltodextrine, pour brouiller le test. Au jour J, la maltodextrine réussit à occulter le prolan B et elle put quitter le service, avec sa fille dans le ventre. Dès sa sortie, elle se présenta à un centre d'insémination artificielle et procéda à sa propre insémination pour ne pas avoir de problèmes lorsque sa fille naîtrait. Elle la porta neuf mois, durant lesquels elle la sentait évoluer en elle, se nourrir d'elle. Durant ces neuf mois, elle accepta bien des contraintes, des angoisses. Au long de cette attente parfois impatiente, elle vécut les joies et les peines de la grossesse, puis celles de la l'accouchement, prémisses d'autres joies plus grandes encore : élever sa fille.

Maniké, qui aimait entendre sa mère lui raconter ces événements qui avaient décidé de son existence, n'avait jamais compris pourquoi elle avait choisi un homme pour la mettre au monde. Pourquoi se compromettre avec un homme alors qu'il existe des spermatozoïdes de synthèse sélectionnés et congelés ? Ceux des hommes ne comportent-ils pas des risques de maladies héréditaires et de malformations ? Jamais sa mère n'avait pu lui donner une explication satisfaisante. Peut-être était-ce là l'expression d'un sentiment nostalgique obscur de sa mère pour l'Ancien Monde. Et puis pourquoi l'avait-elle eue, elle, Maniké, et pas une autre, et pourquoi ce petit garçon avait-il été avorté ? Pourquoi chacun n'a-t-il pas son mot à dire sur sa propre naissance et sur sa mort ? Pourquoi doit-on être d'abord, puis faire avec ce qu'on est ? On ne lui avait pas demandé son avis à elle en la concevant, puis en la mettant au monde.

Malgré tout, Maniké aimait sa mère comme elle aimait Adam, comme elle s'attendrissait devant les petites filles qui, les après-midis d'été, jouaient sous le soleil couchant dans le petit square en bas de chez elle. L'amour, la vie, les choses de la terre qui ne changeront jamais et auxquelles on s'attache naturellement, il arrive qu'on se demande pourquoi elles sont là et pourquoi nous sommes là nous-mêmes. Maniké avait commencé à se poser ce genre de question systématiquement depuis sa rencontre avec Adam. Questionner était devenu sa discipline de vie. Mais dans ces questions, il y avait quelque chose de vain : elles n'arrivaient jamais à atteindre le quotidien ou plutôt le quotidien triomphait d'elles toujours. Comme dans le Camp : Elle avait beau être convaincue de son absurdité et de la torture à laquelle il soumettait des centaines de femmes innocentes, ses questions n'atteignaient pas ce lieu ni ses lois. Comme ceux qui posent la question "pourquoi y a-t-il de l'être plutôt que rien ?" et continuent quand même de dire "bonjour" et de parler du temps qu'il fait. Leur cœur continue à battre et ils continuent, lorsqu'ils marchent dans les rues, de s'arrêter pour laisser passer les voitures ! Dans ce monde où elle avait été jetée, Maniké ne trouvait aucune raison pour croire en l'humanité. De génération en génération, l'humanité fructifie l'héritage de l'absurde. Peut-être faudrait-il chercher une raison à tout cela du côté des astres. Les astres qui règlent les mouvements de la Terre peuvent aussi bien régler le destin des hommes. La vérité n'est-elle pas toujours venue du ciel ?

Oublier. L'oubli, c'est ce qui permet à l'humanité de vivre. L'humanité invente des lois, construit des systèmes de vie. Sans cesse elle bâtit sur l'oubli, l'oubli du doute, incapable qu'elle est de trouver des bases solides. Chaque fois l'édifice s'écroule et chaque fois l'être humain à la fière assurance construit de nouveau. Dans l'ordre social, tout ne tient qu'à un fil, personne ne croit en son rôle et le masque peut tomber à chaque instant, révélant le monstre derrière l'humain. Le seul masque qui rassure c'est le masque d'amour. Maniké aimait pour se rassurer. Cela demande un effort de tous les instants pour croire en ce rôle sublime. C'est pourquoi elle se pliait à la discipline rigoureuse de l'amour. Mais aime-t-on réellement quand on sait que l'amour n'est qu'un masque ? Elle a beaucoup réfléchi sur l'amour depuis qu'Androgyne lui en a parlé. Elle était intriguée surtout par son fondement biologique. Ce délire merveilleux ne serait-il qu'une ruse de l'instinct de reproduction ? Chaque fois que cette question lui venait à l'esprit, toute sa foi en l'amour disparaissait. Cette interrogation qui habitait maintenant son esprit était le moyen le plus sûr pour démystifier l'amour. Et Maniké pensait de plus en plus pouvoir s'en servir dans sa stratégie de libération.

Dormir. Maniké passait maintenant des nuits entières à chercher le sommeil sans pouvoir le trouver. Une conséquence inattendue de son traitement aux œstrogènes. Ce qu'elle redoutait le plus, c'était le dernier quart de la nuit, quand les êtres et les choses commençaient à prendre une allure bizarre et devenaient très inquiétants. Cette atmosphère d'inquiétude dans laquelle baignaient les choses finissait par gagner Maniké, qui devenait inquiétante à elle-même. Ce soir-là, la nuit était déjà très avancée. Les rayons d'une lune, mystérieuse et froide, glissaient comme une ombre dans la chambre par la fenêtre ouverte. Maniké écoutait son souffle irrégulier dans le silence épais de la nuit. Machinalement, comme d'elle-même, sa main gauche, lisse et fine, se porta à sa joue droite dans une caresse, une joue gonflée et ferme qui avait la douceur d'une pêche mûre. À sa surface coulaient des larmes, comme les gouttes d'une fine pluie sur un fruit encore suspendu à sa branche. Les doigts glissèrent quelques instants sur cette surface lisse et humide, puis lentement vers la bouche sur les lèvres pleines et sèches, à travers lesquelles passait le souffle chaud de la vie. Les lèvres frémissantes et chaudes absorbèrent l'humidité des doigts par des baisers saccadés et gourmands. Puis la main quitta le visage pour le cou dont elle épousa la forme, comme une main de fidèle appuyée sur la colonne d'un temple antique. Une idée vertigineuse traversa un instant l'esprit de Maniké. La pression de la main se fit plus vigoureuse, avant de se relâcher. La main glissa sur l'épaule abandonnant le cou. De temps en temps la langue explorait les lèvres, qui l'accueillaient comme une terre sèche accueille une brève pluie d'été. Sur la poitrine, les seins fermes et dressés débordaient de partout. La main les explora par des caresses de plus en plus longues et appuyées. Un frisson sensuel parcourut toute la poitrine, descendant jusqu'au bas-ventre. La main droite se porta sur le sein gauche, la gauche caressait toujours le sein droit. Ses mains étaient remplies de ses seins, elles les saisissaient, les serraient fortement, comme pour les arracher à la poitrine, les caressaient, les pinçaient puis, de nouveau, les serraient violemment. Elle ferma les yeux. L'image d'Adam occupa entièrement son esprit. Elle s'oublia, oublia le Camp, sa torture et les longues nuits d'insomnie. Une main glissa vers le bas-ventre, se posa entre les jambes. C'était mouillé. Elle se rappela que son cycle avait repris sous l'effet des œstrogènes, avec une période anormalement courte ; un cycle toutes les vingt-et-une heures. L'image d'Adam se dissipa. Elle ouvrit les yeux. Le silence inquiétant de la nuit enveloppait toujours la pièce. Les rayons de lune y avaient avancé et escaladaient maintenant le lit. Les objets avaient pris une allure étrange ; ils avaient perdu leur allure familière de choses à portée de la main et adopté une attitude provocante et agressive. Certains objets faisaient la tête, d'autres semblaient sur le point de se métamorphoser. Ils avaient tous une attitude feinte, comme des écoliers turbulents adoptant une attitude sage à l'entrée du maître. Peut-être ces objets, maintenant immobiles, sautaient-ils et dansaient pendant que Maniké fermait les yeux. Le clair de lune leur donnait des allures de lutins.

7

Une flamme extraordinaire dans ses yeux

Dans le programme de rééducation suivi par les prisonniers, Adam était à la phase de réapprentissage de l'homosexualité. Des lieux appelés "points de rencontre" étaient aménagés dans le Camp à cette fin. Conçus comme des bars de rendez-vous, ces lieux avaient pour vocation de mettre les hommes en contact et de stimuler leur désir. Tous les prisonniers devaient s'y rendre quotidiennemment à de l'après-midi pour se frotter aux autres, converser avec eux, respirer et transpirer, se sourire et cligner de l'œil, charmer et séduire. Aucun prisonnier ne devait quitter le point de rencontre sans un compagnon pour la nuit. Les points de rencontre étaient ouverts tous les jours de cinq heures de l'après-midi à deux heures du matin. À l'heure de la fermeture, s'il restait des prisonniers qui ne s'étaient pas encore décidés à choisir leur compagnon pour la nuit, l'éducateur chargé des relations entre les prisonniers désignait à chacun un compagnon. Adam s'arrangeait pour ne jamais être là au-delà de minuit. C'était toujours avec dégoût qu'il s'acquittait de cette corvée.

Aujourd'hui, à seize heures trente, Adam commença à s'habiller pour se rendre au point de rencontre. Il avait décidé d'abandonner les tenues des grands soirs et de s'habiller très simplement. Il mit un tee-shirt en soie et un jean en coton, très serrés. Il les porta sans rien dessous avec des bottes en cuir souples. La veille, il avait remarqué un jeune homme qui avait une flamme extraordinaire dans les yeux. Il avait voulu l'aborder pour l'inviter à être son compagnon pour la nuit, mais il avait déjà choisi un compagnon. Ce soir Adam était décidé à être le premier à l'aborder, ce qui était une manière de se le réserver pour la nuit. C'était la première fois qu'Adam avait envie de draguer quelqu'un. Lorsqu'Adam poussa la porte d'entrée du point de rencontre, tous les regards se tournèrent vers lui. Il y avait déjà une trentaine d'hommes qui bavardaient à voix basse, certains au bar, d'autres attablés. La salle était encore clairsemée. Le jeune homme au regard à la flamme extraordinaire n'était pas encore là. Adam alla au bar, commanda un cocktail quarante-quatre, posa le coude de son bras gauche sur le comptoir, se tournant à moitié vers la salle, la jambe gauche légèrement fléchie. Devant lui, à l'autre bout du comptoir, son image se reflétait dans une glace, nette, bien délimitée. Ses cheveux noirs étaient peignés en arrière, mettant en valeur un front haut et large. Il se passa les doigts dans les cheveux, tournant la tête légèrement de gauche à droite. Le barman apporta le quarante-quatre. Adam le prit dans sa main droite et le porta à sa bouche. Mais ce fut le nez qui l'accueillit le premier. Un bouquet de menthe glacée, de gingembre et de pomme verte pénétra toutes les fibres de son nez avant que le verre ne soit en contact avec la bouche. Puis le bord du verre vint se placer entre les lèvres. Un flot du liquide se déversa dans la bouche, inondant la langue. Un glaçon heurta légèrement l'une des incisives supérieures et retomba dans le verre. Le liquide hésita un instant dans la bouche puis coula dans la gorge. Son goût glacé confirma son bouquet. Un goût vert et frais dominait nettement les autres sensations. La main droite ramena le verre sur le comptoir.

À moitié tourné vers la salle, Adam surveillait la porte, guettant l'entrée du jeune homme. De nouveau son regard se porta sur la glace en face de lui. Il s'y regarda un instant. Il remarqua derrière lui, très près, un homme avec une calvitie, légèrement plus grand que lui, qui le regardait fixement. Adam le regarda un instant puis détourna son regard vers la salle. Lorsqu'il regarda de nouveau dans la glace, l'homme à la calvitie le regardait toujours aussi intensément. Adam se retourna vers lui. Il avait la quarantaine, une forte moustache ; il était harnaché dans une tenue en cuir ferrée. Il adressa un large sourire à Adam. Celui-ci, gêné, répondit timidement. Alors l'homme à la calvitie lui entoura la taille des deux bras, l'attirant violemment contre lui. Il sentait son corps tendu contre le sien. Il avait dans le visage son haleine suffocante, à l'odeur fade, nauséabonde, repoussante. Adam fit un effort pour se dégager, mais l'homme à la calvitie le serra davantage, le maintenant contre lui. Son souffle devenait plus rapide et plus chaud. Adam, usant de toute sa force, finit par se dégager.

— Qu'est-ce qui te prend ? fit l'homme à la calvitie, frustré. Tu fais le difficile ? Qu'importe ? Que ce soit moi ou quelqu'un d'autre, de toute façon tu seras obligé d'y passer.

— Lâche-moi le derrière, veux-tu ? T'en fais pas, tu pourras toujours attendre minuit, l'éducateur te dégotera bien quelque chose ! »

Mais son soupirant regardait déjà du côté de la porte, à la recherche d'une nouvelle idylle. Adam commanda un autre quarante-quatre, s'efforçant d'oublier cet incident. « De la douceur, du tact, pensait-il, c'est comme cela que je dois approcher mon homme !

Adam avait commencé à douter de l'amour entre hommes et femmes, depuis qu'il avait entendu un des éducateurs soutenir cette idée funeste que l'amour n'était que la ruse de l'instinct de reproduction : « Le désir, le

97

sentiment ne sont que des ruses dans la stratégie de la procréation. Éros est une idole dérisoire ; son culte démontre l'aveuglement des hommes. Si aujourd'hui, alors qu'ils se sont libérés de la procréation devenue une tâche de la technique, les hommes connaissent encore le délire de l'amour, c'est parce que les cellules sexuelles continuent de se diviser au lieu de se multiplier. C'est cela le fondement biologique de l'amour. Tant que le corps humain sera organisé pour la reproduction, l'homme éprouvera l'amour ! ». Lorsque, pour la première fois, il avait éprouvé ce sentiment pour Maniké sans savoir d'ailleurs que c'était cela, l'amour, il avait été transporté dans un monde merveilleux où la joie et la peine se confondaient. Ce sentiment extraordinaire le comblait et donnait pour la première fois un sens à sa vie. Lorsqu'il cherchait à s'expliquer la nature d'un tel sentiment, il pouvait penser à tout sauf à la reproduction. Parfois, il voyait l'amour comme une communion de deux êtres devant la beauté. Souvent il renonçait à s'expliquer ce sentiment sans lequel il ne pourrait plus vivre. Pourtant, il avait des doutes. L'amour pourrait peut-être se séparer de l'instinct de reproduction et révéler sa propre réalité. Il était décidé à le vérifier. Pour cela il fallait prouver que l'amour, le désir et la procréation n'étaient pas les maillons d'une chaîne incassable, que l'amour pouvait exister sans le désir, le désir sans l'amour et les deux sans la procréation. Il savait que son amour pour Maniké n'était pas sans désir. C'est pour cela qu'il décida que la première chose à faire, c'était de détourner son désir de l'image de Maniké et de voir si cela aurait des effets sur son amour pour elle.

Ainsi décida-t-il d'investir son désir dans ce qui était à portée de sa main, à savoir les hommes. Par là même, il voulait se convaincre que le désir pouvait se libérer de l'instinct de reproduction. Le Camp de rééducation se prêtait admirablement à cette expérience et Adam était content de l'utiliser ainsi à ses propres fins, contre sa finalité. Cela le rassurait. Les premiers jours dans le Camp, il craignait de n'en sortir que mort ou sans amour, ce qui, pour lui, revenait au même. Aujourd'hui, il allait utiliser le Camp pour atteindre la réalité de son amour.

La salle se remplissait rapidement, les hommes debout étaient beaucoup plus nombreux que ceux assis autour des tables. Adam était serré de tous les côtés. Parfois, il sentait quelqu'un se frotter contre lui ou une main se poser dans une caresse appuyée. C'était inévitable dans ce genre d'endroits. On est forcément un objet dans la foule. Maintenant, Adam ne pouvait plus voir la porte d'entrée. Celui qu'il attendait pouvait être déjà là ou entrer sans qu'il le vît. Il avait envie de se dégager pour voir s'il était déjà dans la salle, mais il avait peur de se noyer dans la foule et voulait rester contre le comptoir pour respirer. Néanmoins, après quelques minutes, l'idée que le jeune homme au regard à la flamme extraordinaire pouvait être emmené par quelqu'un d'autre le décida à affronter la foule. Il joua des coudes et des genoux pour se frayer un passage. Il avait les yeux qui piquaient à cause de l'atmosphère chargée d'odeurs de toutes sortes. Il avançait dans la salle comme s'il nageait dans une boue épaisse. À son passage, certains juraient et s'obstinaient à lui barrer la route, d'autres lui souriaient en se mettant sur la pointe des pieds pour le laisser passer. Il y en avait même qui le prenaient dans les bras, le serraient contre eux, comme dans une danse, prenaient sa place et le lâchaient, le faisant ainsi avancer un peu. Beaucoup lui criaient des mots qu'il n'entendait pas à cause du vacarme des conversations animées et de la musique assourdissante. À son passage, chacun levait son verre au-dessus de sa tête, comme dans un toast, pour le protéger de l'onde qui passe.

En cherchant son homme, Adam essayait de discerner le bruit que déversaient les enceintes suspendues aux quatre coins du plafond. Le son qu'on distinguait le plus dans ce magma sonore était celui des basses exagérément amplifié. Un rythme saccadé et monotone. Derrière les basses, il y avait un fond sonore électrique indiscernable. Une voix qui montait avec la musique criait des mots insensés. Dans la salle, personne n'écoutait cette musique. Tous la respiraient comme si elle était un polluant aussi inséparable de l'air ambiant que la fumée et l'odeur d'alcool et de transpiration dont il était chargé. Elle pénétrait dans chaque corps par tous les pores de la peau dans chaque organe et résonnait jusque dans la moelle des os… Il l'aperçut soudain, debout près d'une table. Il était étrangement beau ce soir. Ses grands yeux de lumière étaient un point d'interrogation dans la salle. Il semblait écouter l'esprit de la foule. Adam força le

100

passage à travers le groupe qui les séparait et vint se coller à lui. Il amorça un mouvement de recul, mais y renonça. L'un contre l'autre, ils se regardèrent longuement sans rien dire.

— Je t'attendais, finit par dire Adam. Ce soir tu seras mon compagnon.

— Oui, lui répondit le jeune homme d'un ton attendu, mais à une condition, c'est que tu m'apportes du bar un soixante-sept sans le renverser.

Adam se faufila jusqu'au bar, commanda le cocktail et le porta comme un flambeau. Il l'offrit entier au jeune homme qui le dégusta devant lui en silence. Ayant terminé, il prit la main d'Adam et l'entraîna sans explication vers la porte des toilettes. Un escalier étroit en S menait au sous-sol. Ils le descendirent et débouchèrent dans la salle des toilettes mêmes. Une forte odeur d'égout planait dans l'air. La salle était entièrement tapissée de glaces, même son plafond. Un clavier était fixé au mur. Le jeune homme le pianota. Une porte, jusque-là invisible, s'ouvrit. Ils entrèrent, la porte se referma derrière eux. Une autre porte s'ouvrit. Elle donnait sur une salle faiblement éclairée où planait une forte odeur de cannabis. Adam trébucha sur quelque chose.

— Regarde où tu mets les pieds ! lui chuchota son compagnon.

La salle, très vaste ressemblait à un dortoir. Un homme vint à leur rencontre. Adam trouva qu'il ressemblait étrangement à Riman, mais il ne pouvait pas être sûr que c'était lui. Il les installa à côté d'un petit groupe, dont certains débitaient à voix haute des propos absurdes, comme dans un délire onirique. Beaucoup étaient couchés ; les plus proches avaient les yeux ouverts et remuaient faiblement de temps en temps. Un garçon, bâti en athlète et habillé en lapin, portant un plateau sur sa main gauche, entra dans la salle. Il ne portait pas de chaussures, son oreille gauche s'inclinait vers l'avant, la droite vers l'arrière. Ses sourcils noirs et touffus se rejoignaient comme ces bandes qui barrent les photographies pour les masquer, ses cils longs et épais cachaient un regard sombre.

— Cannabis, héro, coke, speed ball ou Kétamine ? demanda le lapin.

— Coke ! répondit le jeune homme.

— Vous préférez la plugger, la sniffer, la fumer en joint, la cracker ou chasser le dragon ?

— Sniffer !

Il revint avec un plateau contenant un vase de verre transparent en forme de phallus rempli d'une poudre blanche très fine et deux pailles. Le jeune homme prit sur le plateau un objet qu'Adam n'avait pas remarqué, un rectangle en verre avec deux sillons parallèles. Il plongea la plaque de verre dans la poudre blanche et la retira.

102

Puis, avec son doigt, il dégagea la poudre autour des sillons. Il s'accouda sur son bras droit, prit une des pailles, pencha sa tête très près du plateau, au-dessus de la plaque de verre, plaça un bout de la paille à l'extrémité du sillon et l'autre bout dans sa narine droite. Avec le pouce, il boucha sa narine gauche et aspira profondément, faisant glisser la paille le long du sillon, jusqu'à l'autre extrémité.

— Vas-y ! C'est ton tour.

Adam prit la paille et sniffa l'autre ligne. Il ne sentit presque rien dans son nez, mais un souffle merveilleux et bienfaisant traversa son cerveau et se répandit dans tout son corps, jusqu'à la plante des pieds. Il sentit les vagues de l'océan traverser son corps. Il se dressa sur la couche, renversa sa tête en arrière et lança un long hurlement de loup. Il saisit la tête de son compagnon entre ses deux mains et appuya son front contre le sien, son nez contre son nez.

— Comment, misérable, as-tu pu sortir hier soir sans moi ?

— Mais, mon cher ami, hier soir tu n'existais même pas !

— Ah bon ? C'est donc comme cela ? Je vais te prouver qu'il n'y a que moi qui existe ! »

Puis il se recoucha et entra dans une profonde méditation. Son compagnon replongea la plaque dans la poudre blanche et aspira deux autres lignes.

— Pourquoi cette bouffée délirante tout à l'heure ? demanda-t-il à Adam. Aurais-tu perdu la tête ? Pourquoi cette agressivité ?

— C'est à cause de ma frustration d'hier soir. J'avais peur d'être incapable de faire naître en toi mon désir. Et puis je craignais que l'autre ne soit plus fort, qu'il ne te mérite plus que moi. Je souffrais de voir un autre te posséder, je te voulais à moi !

— Pourquoi veux-tu te tourmenter avec le passé ? Il faut profiter de l'instant présent !

— En réalité je suis profondément inquiet. Je veux disposer de toi à mon gré et te réserver pour mon seul usage.

— Dans l'amour, contrairement à ce que tu crois, on est toujours trois !

— Mais tu te trompes complètement ! Il ne s'agit pas d'amour. Entre toi et moi, il n'y a que le désir. C'est le désir qui appelle la jalousie, en faisant de l'autre un objet. L'amour, le véritable amour, ne connaît pas la jalousie !

8

La maladie d'amour

Maniké avait décidé de fonder sa stratégie de libération sur la connaissance de l'amour qu'elle avait acquise. Elle voulait simuler le repentir, en prétendant que l'amour n'avait plus aucune prise sur elle, qu'elle n'y croyait plus. Elle commença par parler à l'Éducatrice, lui expliquant comment elle avait pu découvrir d'elle-même la réalité de l'amour et combien elle regrettait d'avoir été bernée par cette illusion. Comme elle s'y attendait, l'Éducatrice en parla avec la Supérieure qui la chargea de l'interroger davantage pour en savoir plus et vérifier si ce n'était pas l'effet d'une dépression passagère. Quelques jours après, Maniké adressa la lettre suivante à la Supérieure :

"À notre Supérieure à toutes, salut. Le salut d'une déçue de l'amour que votre dévouement à la morale de notre communauté a sauvée d'une illusion qui l'avait perdue. Je pensais que l'amour était un besoin vital, mais j'ai su que ce n'était qu'une illusion, et que la réalité de ce sentiment sublime, c'est que certaines cellules se divisent au lieu de se multiplier ! Votre dévouée, Maniké."

Elle avait des remords, elle regrettait d'être obligée de vivre dans la simulation et le mensonge. A-t-on le droit de mentir à ses semblables ? Elle aurait honte devant Adam de ne pas avoir eu assez de courage pour continuer à soutenir leur amour à la face du monde. La lettre resta sans réponse pendant deux semaines. Maniké commençait à douter de l'efficacité de sa stratégie de simulation. Mais au bout de la deuxième semaine, elle reçut une convocation de la Supérieure. Elle essaya de prévoir toutes les questions qu'elle pourrait lui poser et répéta les réponses.

— Si je vous en crois, dit la Supérieure à l'Éducatrice, nous avons obtenu des résultats très encourageants avec Maniké.

— Oui ! En fait, sa guérison a anticipé sur notre programme. Il semble qu'elle ait abouti d'elle-même à la conclusion à laquelle nous voulions l'amener par un long et pénible traitement.

— Sachez, dit la Supérieure en s'adressant à Maniké, qu'ici nous n'avons rien à faire avec la réflexion, l'introspection ou l'analyse, appelez-la comme vous voulez, en vue de la recherche de la vérité. La vérité elle-même ne nous intéresse pas, pas plus que l'esprit. Nous agissons sur l'esprit par le corps. Notre camp est organisé suivant le principe selon lequel le corps détermine l'esprit. Nous agissons sur le corps et l'esprit suit, sans qu'il y ait besoin d'actions spécifiques. C'est le sens des expériences auxquelles nous vous avons soumise. Dans notre camp, le traitement dure des années et la plupart refont plusieurs fois le circuit sans guérir. Vous êtes donc un cas intéressant. Nous vous avons convoquée aujourd'hui pour vous interroger sur la façon dont vous avez vécu intérieurement les différents traitements que nous vous avons fait subir. Ne vous occupez pas des aspects physiques et biologiques, nous les connaissons. Parlez-nous plutôt de votre évolution psychique depuis que vous êtes ici.

— Je n'ai réellement pris conscience que j'étais atteinte du délire de l'amour que durant les premiers jours de mon arrivée chez vous. Avant, je ne comprenais pas ce qui m'arrivait. Pendant le temps que j'ai passé au service, il m'arrivait souvent de me poser des questions sur le sens de la relation brève que j'avais eue avec Adam, lors de l'examen d'aptitude. Je ne comprenais pas pourquoi je pensais si souvent à lui et pourquoi je vivais dans la douleur notre séparation. Cet attachement si fort, je ne l'ai jamais eu pour aucun des autres hommes que j'ai connus dans mon centre de service.

" Je ne savais pas cet attachement exclusif avait pour nom amour. Même lorsque j'ai été voir Adam dans sa loge, j'ignorais le sens de mon geste, j'obéissais à une force obscure qui me dépassait. Arrivée ici, je sus que j'étais atteinte. Autrement, on ne m'aurait pas envoyée en rééducation. La première phase, durant laquelle mon équilibre psychologique fut ébranlé a été, déterminante dans ma guérison. Durant cette phase, je fus confrontée à moi-même et à la réalité de l'image d'Adam dans mon esprit. Coupée du monde, je n'avais que deux choix : soit je m'investissais dans l'image d'Adam et sombrais dans une délectation morose, ce qui équivalait à une mort psychique, soit je défendais mon intégrité psychique contre l'image obsédante d'Adam, ce qui aboutissait à l'expulser des instances qui constituent mon idéal du moi. J'ai choisi la deuxième voie pour ne pas sombrer dans la folie. Petit à petit, Adam m'apparut comme un être égoïste, indifférent à ma douleur et à ma souffrance et la présence de son souvenir devint une menace, une promesse de destruction. À la fin de cette première phase, il y eut transmutation d'un sentiment en son contraire : l'amour s'était transformé en haine.

" Lorsque je commençai la deuxième phase de ma rééducation, je constatai que j'avais un sentiment ambivalent pour Adam. D'une part, il y avait celui dont l'image me torturait dans mon isolement et que j'avais appris à haïr, d'autre part, il y avait celui que j'avais connu, l'amant, le complice, l'ami. Au cours de cette deuxième phase, mon désir fut complètement annihilé. Non seulement tout ce qui fut pour moi objet de désir me répugnait, mais mon corps même me dégoûtait. J'éprouvais alors de la répugnance pour l'amant, mais je regrettais le complice et l'ami. Je n'avais plus pour Adam qu'un pur sentiment d'amitié. Peut-être est-ce cela le vrai amour. À ce moment de mon expérience, j'avais atteint un niveau de conscience où l'amour n'était plus qu'un pur sentiment. L'amour épanoui dans le désir s'était purifié dans le sentiment !

" Mais dans ma troisième phase de rééducation, je recouvrai progressivement ma sensibilité et mon désir. De nouveau, sous l'effet du désir, le sentiment se brouilla et le souvenir sensuel d'Adam domina mon sentiment pour lui. Et l'énigme de l'amour se reposa encore plus épaisse que la première fois. Alors, reconnaissant mon ignorance et la faiblesse de mon jugement, je me retournai vers la philosophie et la science pour connaître la vérité de l'amour. Comme toutes les vérités, celle de l'amour se trouvait chiffrée dans la philosophie avant d'être divulguée par la science. Je trouvai donc la même réponse dans la philosophie et dans la science : l'amour est le délire de la nature humaine malade !

" Cette maladie de la nature humaine, c'est la division des cellules reproductrices, qui est, d'après les anciens, une punition divine. Le corps ainsi divisé regrette sa moitié. Chacun regrettant sa moitié la recherche. Et lorsque deux moitiés se rencontrent, elles ne cessent de s'embrasser et de s'enlacer avec le désir de se fondre ensemble, de s'unir avec l'objet aimé et de ne plus faire qu'un. Quand un corps regarde la beauté d'un autre corps et que des parcelles s'en détachent et coulent en lui et qu'en le pénétrant elles l'échauffent, il respire et se réjouit. Mais quand il est séparé du bien-aimé, il se dessèche et garde son germe. Ce germe enfermé avec le désir saute comme le sang bat dans les artères, pique chacune des issues respectives où il se trouve, de sorte que le corps, aiguillonné de toutes parts, se débat dans la souffrance. Mais d'un autre côté, il se réjouit à son souvenir. C'est là que naît le sentiment. Cet étrange mélange de douleur et de joie le tourmente et, dans sa perplexité, il s'enrage. Sa frénésie l'empêche de dormir la nuit et de rester en place pendant le jour, aussi il court avidement du côté où il pense le trouver. Quand il le voit et qu'il fait entrer en lui le désir, il sent s'ouvrir en lui les issues fermées naguère, et, reprenant haleine, il ne sent plus l'aiguillon ni la douleur ; au contraire, il goûte sur le moment la volupté la plus suave. Aussi l'amant ne voudrait-il jamais quitter son bel ami et le met-il au-dessus de tout ; il oublie tout. Les usages et les convenances qu'il se "piquait" d'observer auparavant le laissent indifférent. Il consent à être esclave et à dormir où l'on voudra, mais le plus près possible de l'objet de son désir ; car, outre qu'il vénère sa moitié, il ne trouve qu'en elle le médecin de ses tourments. Ce délire que j'ai vécu s'appelle amour.

" Maintenant que sa racine, la reproduction, est devenue une affaire de technique, il n'y a plus de raison de croire en l'amour. Aujourd'hui, je ne crois plus qu'au désir qu'éprouve mon corps. Mais ce désir ne me trompe plus ; je sais que, comme l'amour-sentiment, il est un avatar de l'instinct de reproduction, mais moins fallacieux, puisqu'il s'enracine dans la réalité du corps. J'éprouve un grand plaisir à satisfaire le désir de mon corps en le déviant de sa fonction naturelle. C'est pour moi le plus grand acte de liberté que nous puissions nous permettre à l'égard de notre nature. En m'enchaînant au désir et à son avatar l'amour sentimental, la nature a voulu m'obliger à procréer. Aujourd'hui, je peux réaliser mon désir sans tomber dans le piège de la procréation. La plus grande source de plaisir c'est la satisfaction d'un désir gratuit. Voilà comment j'ai renoncé à l'amour-sentiment pour le désir, découvrant par là même la signification profonde de la morale de notre communauté ! "

Il y avait tant de conviction dans le ton de son analyse que Maniké se demandait si, comme elle le pensait, elle simulait, ou si elle disait la vérité. Le regard de la Supérieure, qui avait l'habitude d'aller sous les corps pour sonder les âmes, était désarmé par un ton si convaincant. Maniké elle-même était étonnée que la Supérieure, si vigilante d'habitude, ne l'ait pas déjà giflée pour lui montrer qu'elle savait qu'elle mentait. L'Éducatrice, elle, avait l'air froid et lointain des astres devant la douleur humaine.

Le mensonge est-il un fait inhérent au langage ? Maniké s'étonnait de la facilité avec laquelle elle mentait. Dans sa bouche, les mots semblaient se prêter à tous les usages. Le fait que les mots se prêtent à tous les usages révèle un vice dans la langue. Les mots peuvent dire une chose en voulant dire son contraire, de même qu'ils peuvent dire quelque chose en voulant taire son contraire. Lorsqu'elle mentait, elle trouvait que le fossé qui la séparait des autres se creusait davantage. Son usage de la relation du signifiant au signifié est la mesure de sa relation aux autres. « En face du langage se tiennent les humains, et cela comme s'ils ne comprenaient pas le langage, comme s'ils ne se comprenaient pas. Les humains sont des êtres qui ne se comprennent pas. Pourtant, ils ont inventé la langue pour se comprendre, mais l'usage de la parole a remplacé celui de la langue comme compréhension. La parole et le discours ne sont pas la langue et même s'opposent souvent à elle. Les hommes entendent certes, mais n'entendent que des paroles. Dans cet "entendre", ils ne savent pas écouter. Si la Supérieure et l'Éducatrice m'avaient écoutée, au lieu de m'entendre, elles auraient découvert mon mensonge et ma simulation. Savoir écouter c'est savoir suivre ce qui n'est pas audible en tant que mots et qui est ce que le langage tente de signifier en voulant le dire ou en voulant le taire. Les humaines croient toujours que ce qui est à comprendre c'est ce qui est le plus facile à prendre, ce qui est palpable. L'une s'en tient à ceci, l'autre à cela ; chacune a en tête son affaire propre, tout n'est qu'entêtement. Chacune s'arrête à un aspect ou à un autre et pense posséder la vérité. » Ces pensées assaillaient

112

l'esprit de Maniké qui n'était pas sûre de l'effet de son discours. Elle savait la Supérieure capable d'écoute et craignait qu'elle ne la comprît. Heureusement, aujourd'hui, la Supérieure entendait sans écouter.

— Nous allons vous croire sur parole, dit la Supérieure à Maniké. Mais à une condition : c'est que nous enregistrions avec vous une vidéo dans laquelle vous tiendrez le même discours que vous nous avez tenu. Nous utiliserons cette vidéo dans nos programmes de rééducation. Ainsi, si vous mentez, vos paroles vous poursuivront pour toujours en détruisant votre propre vérité.

— Je ferai tout ce que vous voudrez ! répondit Maniké.

Elle n'avait pas prévu ce piège tendu par la Supérieure. Quoi de plus terrible que la parole qui peut vous poursuivre toute votre vie et au-delà ? « Voilà que par ma parole je vais devenir une éducatrice pour des générations de prisonnières, au service du Centre qui m'a torturée pendant si longtemps. En prenant à la légère ma parole, je suis devenue un instrument aux mains de celles qui veulent me détruire et détruire ma vérité ! » Mais Maniké n'avait pas le courage de refuser cette condition de la Supérieure, elle savait que si son plan échouait maintenant, elle finirait sa vie dans le Camp. Alors elle décida d'accepter et de porter à jamais le poids de sa parole funeste.

— J'enverrai demain une équipe vidéo pour vous enregistrer. Dès que ce sera fait, j'appellerai une éducatrice pour venir vous chercher.

La nuit tombait, une nuit d'hivers, avec ses fantômes noirs qui traversaient l'esprit comme des silhouettes pressées. Maniké pensait à la vidéo comme à une exécution capitale. Durant toute la nuit, ses paroles défilaient dans son esprit, comme une insoutenable provocation. À l'aube, une certitude solide se planta dans son esprit : les vraies amoureuses sauront l'écouter et entendre l'apologie de l'amour derrière les paroles qu'elle dira. Celles qui aiment auront l'écoute nécessaire pour la comprendre parce qu'elles partagent son obédience pour l'amour. Cette certitude simple, inébranlable, la réconcilia avec elle-même et avec tout ce qu'elle serait amenée à dire pour quitter ce camp maudit. Lorsque l'équipe vidéo arriva, elle la reçut presque dans la joie. Elle parla comme dans une prière pour sauver le genre humain. La camérawoman n'avait jamais vu un tel regard. Il y avait un tel décalage entre le regard et les sons qui sortaient de la bouche, qu'elle était certaine qu'ils n'appartenaient pas à la même personne. L'enregistrement terminé, Maniké se sentit vidée. Elle eut envie de passer plusieurs vies dans un désert sous la forme d'une rose des sables.

L'éducatrice venue la chercher remarqua sur son visage la sérénité que procure la réconciliation avec la vie. La touche d'abandon que cette sérénité donnait à son corps la rendait extrêmement féminine. Elle la conduisit au Centre d'examen d'aptitude, ne lui adressant la parole que pour dire des banalités, gardant une attitude distante et froide pendant tout le trajet. À l'arrivée, une autre éducatrice la prit en charge. Elle lui établit la carte de fin de service qu'elle devait utiliser pour sortir, la lui remit en la félicitant pour la fin de son service et en lui souhaitant un bon retour dans sa communauté. À l'aide de sa carte, Maniké appela l'ascenseur. Il arriva, vide. Elle s'y engouffra, appuya sur le bouton "SORTIE". Du bout de sa chaussure droite elle tapotait nerveusement le plancher, elle avait l'impression que l'ascenseur prenait trop de temps pour le nombre d'étages qu'il y avait à monter. Enfin, il s'arrêta. En sortant, elle buta contre une porte fermée qu'elle ouvrit à l'aide de sa carte, puis une deuxième qu'elle ouvrit de la même manière. Elle se retrouva dans la rue, s'arrêta un moment, respira profondément, regarda à gauche, à droite et leva la tête vers le ciel. Elle était certaine de renaître une seconde fois. Combien de temps avait passé ? Une vie entière ? Un instant, le temps d'un rêve, d'un cauchemar ?

Maintenant, une foule d'idées nouvelles se pressait aux portes de son esprit. Quand est-ce qu'elle allait pouvoir revoir sa mère ? Reprendre son travail ? Dans quel état allait-elle trouver son appartement et une autre question,

115

plus insistante, plus pesante que les autres : Adam allait-il disparaître de sa vie pour toujours ? Elle marcha en direction de son appartement. L'ambiance familière des rues diminua un peu le poids de ses soucis. Tout semblait égal à soi-même, sauf elle, qui était devenue une autre. Mais tout autour d'elle semblait indifférent à son changement ou plutôt ne le remarquait pas. Les rues l'accueillaient comme si elle était toujours la même, les maisons restaient plantées à leur place, défiant le devenir. Seul un détail insolite indiquait que le temps avait continué son œuvre inexorable : les jouets du square en bas de son immeuble avaient changé de couleur et les petites filles qui y jouaient n'étaient plus les mêmes. Ce détail la plongea dans une profonde mélancolie. Ce changement de couleur des jouets du square et la nouvelle génération de fillettes étaient pour elle les éléments d'une farce que lui jouait le destin. Elle avait changé, comme avaient changé les jouets et les fillettes du square.

Dans son appartement, les objets étaient ensevelis sous un linceul de poussière, comme ceux d'un trésor funéraire. Sous la fente de la porte, il y avait une pile décourageante de factures, de lettres et de prospectus de toutes sortes. Elle risqua une première exploration. Ignorant les prospectus et les factures, elle prit une lettre au hasard et l'ouvrit. C'était une lettre de l'"Association contre la Violence publicitaire" : la diffusion des messages publicitaires porte atteinte à la liberté d'attention, disait en substance la lettre. Le droit le plus élémentaire de l'être humain, c'est de pouvoir prêter attention à chaque chose ou l'ignorer. Or, le message publicitaire ne laisse pas ce choix, il oblige sa cible à lui prêter attention, en la conditionnant. C'est là une violence pernicieuse qui réduit l'être humain à l'état de consommateur d'objets qui créent ses besoins et le créent lui-même. La lettre se terminait par un appel au boycott des supports publicitaires. Cette lettre inspira des regrets à Maniké : pourquoi n'avait-elle jamais tenté une action contre la violence qu'elle subissait au Camp ? Il y avait des centaines d'autres femmes qui, peut-être, n'attendaient qu'une initiative. Mais si elle avait tenté ce genre d'expérience, sans doute ne serait-elle pas chez elle maintenant. Elle jeta la lettre sur le tas d'où elle l'avait tirée, sans la remettre dans son enveloppe, alla vers la baie vitrée et tira les rideaux. Une vague de lumière submergea son visage, son corps et tout l'appartement, une lumière blanche universelle, la lumière du soleil, substance de toute chose. Elle s'efforça de regarder le soleil droit dans les yeux, pour apprendre de lui quelque chose sur le sens de la vie. Ses yeux clignaient et n'arrivaient pas à le fixer. Puis, s'habituant, ils distinguèrent nettement un disque noir entouré d'une couronne de diamants. Elle sentit tout son être fondre dans cette présence, perdit ses sens et ne se posa plus de question. Puis, comme après un orgasme prolongé, elle sentit ses sens revenir. Elle ouvrit les yeux sur la lumière, sur elle-même et sur les choses que le soleil éclairait. La vie se révéla de nouveau à elle dans toute son évidence absurde.

Le souvenir de sa mère lui traversa l'esprit. Elle décida d'aller la voir et peut-être de passer la nuit chez elle. Mais auparavant, elle avait envie de sentir le contact de la foule, pour se libérer de l'angoisse qu'elle éprouvait chaque fois que, comme maintenant, elle prenait conscience de l'évidence absurde de la vie. Elle prit un bain et s'habilla comme pour les grands soirs. Lorsqu'elle fut prête, elle jeta de nouveau un regard au soleil. C'était maintenant un disque rouge baignant dans un océan ocreux. En descendant, elle repassa devant le petit square. Il n'y avait plus de petites filles. Les jouets étaient silencieux et sages. L'écho des cris et des rires des fillettes s'attardait sur eux et dans tout le square. Elle longea la place pour prendre la rue 321 qui donnait sur le boulevard 1006. C'est sur ce boulevard que se trouvaient ses cafés préférés.

Le soir tombant commençait à déverser les foules de la nuit. Arrivée sur le boulevard 1006, elle se sentit emportée par le flot irrésistible de la foule. Elle s'y engouffra comme on plonge dans une mer chaude, avec la même sensation de bien-être. Dans la foule, elle retrouva un sentiment de sécurité relative et s'oublia un peu. Elle se laissa entraîner sur une distance qu'elle ne pouvait apprécier que par les enseignes lumineuses qui s'allumaient et s'éteignaient dans un ballet de toutes les couleurs. Le courant opposé à celui de sa marche était formé de visages qui ressemblaient à des masques d'incarnation. Masques de femmes au regard implorant ; masques d'esprits vengeurs féminins, coléreux, jaloux ou haineux ; masques de jeunes et belles femmes, de mères inquiètes et de vieilles femmes dignes. Elle sentait des choses inouïes derrière chaque masque, des choses qui lui faisaient peur et la fascinaient. Chaque visage symbolisait la présence d'un univers tragique autonome. De temps en temps, Maniké rencontrait un visage qui lui parlait. Parfois par un regard, un sourire ou une parole renseignaient sur le type de femme ainsi que sur son humeur. Un visage lui adressa un sourire triste, celui d'une jeune fille, d'une beauté extrêmement fragile. Elle murmura quelque chose à Maniké, comme une noyée tente de saisir une planche de salut. Maniké lui sourit et lui prit la main. Elle sentit dans sa main celle de la jeune fille, osseuse et froide, qui la serrait de toutes ses forces comme si elle avait peur de lâcher prise. Maniké l'entraîna pour sortir de la foule, comme on porte une noyée hors de l'eau. Elles entrèrent dans le café le plus proche. Deux femmes à l'allure impressionnante les accueillirent et les soumirent à une fouille méthodique. La fouille terminée, elles leur adressèrent un large sourire et les invitèrent à entrer.

La salle était pleine, il n'y avait pas de table libre. Elles se serrèrent au milieu des autres près du bar, en attendant qu'une table se libère dans la salle. Maniké posa son regard sur le visage de la noyée : elle avait dû pleurer longtemps, à la suite d'une terrible souffrance. Elle risqua un sourire timide à l'adresse de Maniké, mais son sourire se transforma en rictus de douleur à cause de ses lèvres sèches qui avaient du mal à se décontracter. Maniké trempa un doigt dans son verre et mouilla délicatement les lèvres sèches et froissées de la jeune fille. Elle se demandait pourquoi elle avait répondu à l'appel de cette étrangère. « En quoi la douleur de l'autre nous touche-t-elle ? Il arrive très souvent que la détresse d'un être nous laisse indifférents. On peut ne pas partager sa douleur comme on peut ne pas partager son bonheur. Tout à l'heure, dans la foule, il y avait des visages heureux. Ils souriaient, ils regardaient les autres comme pour leur dire : "Nous sommes heureux ! Riez comme nous, venez partager notre bonheur !" Mais il y avait en eux quelque chose d'indécent. Étaler tout ce bonheur à la face de la misère du monde, quelle inconscience ! » Elle mit son bras autour du cou de la jeune fille, l'attira contre elle et la consola doucement. Elle n'avait pas de bonheur à lui communiquer, tout ce qu'elle pouvait pour elle, c'était de partager sa peine. Lorsqu'une table fut libre, elles allèrent s'asseoir. Maniké lui prit la main et lui parla du soleil et de sa mère qu'elle allait visiter ce soir. Elle lui parla de ses cafés préférés sur le boulevard 1006. Lorsqu'elle n'eut plus rien à lui dire, elle prit congé, en s'excusant de ne pas avoir plus de temps à passer avec elle. Elle laissa la jeune fille assise, un peu moins triste que lorsqu'elle l'avait rencontrée. Elle sortit en direction du Sky Tran, elle avait hâte de retrouver sa mère.

9

Les Amis de l'amour

Les nuits au septième ciel ont toujours un réveil très pénible. Aujourd'hui, alors que la journée était déjà très avancée, Adam était encore sous le choc de sa longue nuit. Hier soir, il avait eu pitié de lui-même et de ces hommes qui, pour oublier leur douleur, sombrent dans la drogue. Mais l'oubli était bref. L'effet de la drogue passé, ils retrouvaient leur douleur, encore plus insupportable. L'horreur de la drogue, c'est cette ambivalence entre illusion et réalité. À mesure que le soir approchait, Adam ressentait plus fortement la tentation de revivre cette illusion. Mais aujourd'hui, il était décidé à trouver une autre réponse à sa douleur au Camp. Il avait décidé d'agir et de fonder son action sur un postulat exagérément optimiste : les hommes sont bons par nature. Le mal est dû à l'ignorance des hommes ; si on leur indique le chemin de la vérité, ils le choisiront. Il décida d'indiquer aux hommes le chemin de la vérité, de leur enseigner l'amour. Mais il fallait prendre ses précautions. Le Camp est l'incarnation du mal, la preuve vivante que le monde va mal, qu'il est injuste. Dans ce monde, le bien est fragile. Ne peut donc nous y guider qu'une éthique consciente de cette fragilité du bien. L'œuvre pour le bien doit toujours commencer dans l'ombre. Quand arrive l'heure où elle doit se présenter au grand jour, elle doit le faire avec un maximum de précaution, comme la nature au moment de faire naître des êtres fragiles dans un monde hostile. Adam s'était résolu à s'engager pour son bien et pour celui des autres. À la base de cette résolution, il y avait un pari optimiste extraordinaire : la foi dans les autres. Il savait qu'il avait besoin des autres pour mener son action, peut-être même que l'idée de cette action avait déjà traversé d'autres esprits, mais comment les discerner dans la masse des autres ? De toute façon, il fallait commencer les contacts. Peut-être qu'en parlant avec les autres, il saura reconnaître ceux qui pensent comme lui, même si, le plus souvent, les hommes ne parlent que pour se tromper mutuellement, même si la sincérité est l'exception…

Vers cinq heures, il sortit pour aller au point de rencontre. Il voulait y faire ce soir un premier contact. Il se sentait devenir un autre. Sa résolution et l'idée de sa nouvelle action lui donnaient une nouvelle conscience de lui-même. Dehors, la conscience de sa propre transformation devint plus claire, sans doute à cause du contraste entre sa nouveauté et l'immobile quotidienneté de l'univers du Camp. Dans le ciel, le soleil tardait à se coucher. Les ombres s'allongeaient paresseusement, rendant encore plus élastique cette fin de journée d'été. Le décalage entre la rapidité et l'essoufflement du temps de sa propre conscience et l'écoulement neutre et lent de la durée plongea Adam dans une profonde mélancolie. Toutes ses actions et lui-même étaient si dérisoires dans le fleuve du temps et des choses ! Il s'interrogea sur le pourquoi de l'effort de sa vie. Les murs du Camp restaient plantés à leur place. Sous le ciel, ses nouvelles résolutions ne semblaient avoir sur eux aucun effet. Il continua son chemin, la tête baissée, subissant l'assaut de ces idées noires. Au point de rencontre, il y avait déjà beaucoup de monde. Les hommes dans la salle et autour du bar parlaient et riaient, insouciants, plus que d'habitude, pensa Adam, découragé. Certains, très peu nombreux, deux ou trois, pas plus, fixaient pensivement les autres, leur verre, le vide ou un point dans la salle. Il y avait parmi eux un homme qui approchait les quatre-vingts ans, le front haut et dégarni, ses cheveux de neige descendaient sur ses épaules. Sa moustache finement coupée contrastait avec sa longue barbe touffue. Ses yeux étaient d'un bleu transparent. Il avait les deux mains posées sur la table, dans une attitude de relaxation. Il portait une veste noire en laine qui débordait largement ses épaules. Il inspira confiance à Adam. Il décida de lui parler. Après un long moment d'hésitation, il alla s'asseoir à la même table que lui.

— J'ai à vous parler, lui dit Adam. C'est très important !

— Ne soyez pas si solennel, la vie est moins compliquée que vous ne le pensez.

Cette réponse brisa l'élan d'Adam. Il se sentit tout à coup moins sûr de lui.

— Voulez-vous qu'on parle ici ou ailleurs ? reprit le Vieux.

— Ailleurs, répondit Adam. Je pense que le meilleur endroit serait la salle des drogués, en bas, au sous-sol des toilettes. Il n'y a personne à cette heure-ci, et je sais comment y accéder.

—Si vous voulez. Allons-y.

—Depuis combien de temps êtes-vous ici ?

—Cela fera bientôt soixante ans !

— Pourquoi tout ce temps ?

— Parce que la femme que j'aime est morte dans un camp et que je n'ai plus le courage de lutter pour sortir.

— Je ne comprends pas pourquoi nous subissons l'arbitraire sans réagir.

— Ils sont plus forts que nous.

— Mais nous n'avons rien tenté !

— Qu'est-ce qu'on peut faire ?

— Justement, c'est de cela que je veux vous parler. Moi je suis convaincu que les hommes sont bons par nature et que s'ils prennent conscience qu'ils vivent dans le mal, ils voudront changer leur vie.

— Ne soyez pas si absolu ! Parlons des hommes que nous connaissons et avec lesquels nous vivons tous les jours, je veux dire ceux qui sont ici, dans le Camp avec nous. Ils savent tous qu'ils vivent dans le mal, que le Camp est une institution du mal. Pourtant ils n'ont jamais rien tenté.

— Mais c'est parce qu'ils ne peuvent pas s'insurger tous en même temps, il faut bien qu'il y en ait quelques-uns qui commencent, quelques-uns qui montrent le bon chemin aux autres.

— Pourquoi quelques-uns et pas tous ? Cet esprit d'élite est vicié quelque part. En fait, souvent, il aboutit à exercer une contrainte sur la majorité. Et puis peut-être que les autres ne veulent pas ce que nous pensons être leur salut. Ce qui est bon pour nous ne l'est peut-être pas pour eux. Agissons en notre nom. On verra bien ce qu'en penseront les autres. Mais avez-vous bien réfléchi ? Savez-vous que le prix de l'engagement c'est la souffrance, parfois la mort, souvent dans l'incompréhension ou l'indifférence générale ?

— Je sais tout cela. Mais je sais aussi qu'il existe des hommes comme vous.

— Avez-vous déjà parlé à d'autres ?

— Non, vous êtes le premier.

— Est-ce que vous comptez parler à d'autres ?

— Cela dépendra de vous. Maintenant que nous sommes deux, nous décidons ensemble.

— Les conditions du Camp nous obligent à la plus stricte clandestinité si nous voulons faire entendre notre voix. Pour cela nous devons limiter notre nombre, au moins au début. Je connais un jeune très dynamique, nous avons déjà parlé ensemble, je vais le revoir. À trois, nous pourrons agir et garder le secret.

— Notre objectif est clair, nous voulons rétablir le droit d'aimer. Notre action doit tendre à expliquer notre objectif et à faire que le maximum de prisonniers travaillent à sa réalisation.

— La première chose à faire, c'est de trouver une signature pour nos actions, un nom pour notre mouvement. Pourquoi pas les "Amis de l'Amour " ? Nous pourrons ensuite signer par son sigle, un double A. Il y a trois actions prioritaires à mener. Premièrement, une déclaration de principes doit être faite au nom des "Amis de l'Amour" et diffusée le plus largement possible. Deuxièmement, des slogans doivent être écrits sur les murs du Camp avec notre signature. Enfin, il faudra rédiger un document théorique sur notre conception de l'amour et sur la place que nous voulons lui donner. Pour ce qui est de la déclaration et de sa diffusion, je m'en charge. Je compte utiliser le circuit d'alarme, je suis spécialisé dans l'installation de ce genre de circuits. L'avantage de passer par le circuit d'alarme c'est que notre déclaration sera entendue partout, dans les chambres, les couloirs, les toilettes, les points de rencontre et même en plein air. Toi, tu fais l'idéologue, tu te charges de rédiger notre document théorique, nous verrons plus tard comment le diffuser. En fait, le plus dur sera les inscriptions, il faudra être deux au moins pour les faire. Il faudra partager le Camp en deux zones, entre vous et mon jeune ami.

— Êtes-vous sûr de lui ?

— Oui ! Mais pour des raisons de sécurité, vous ne devez pas le rencontrer. Ce n'est pas la peine qu'il vous connaisse. J'assurerai la coordination entre vous.

— Quand annoncerez-vous notre projet ?

— Demain, tôt dans la matinée. Ce soir, je vais installer un changeur de voix pour enregistrer notre déclaration et ouvrir une entrée dans le circuit d'alarme pour la rejouer avec des effets de distorsion qui rendront ma voix méconnaissable.

— Il faut donc terminer les inscriptions avant l'aube.

—Vous commencerez à trois heures. Je préviendrai notre jeune ami ; vous devez utiliser exclusivement des bombes de peinture rose. L'obstacle à surmonter est celui des projecteurs, il est impossible de leur échapper. Mais il y a un moyen de ne pas se faire repérer : il faut être complètement nu et avoir la couleur grise du béton.

— Je ferai la moitié ouest du Camp en partant de l'axe passant par le point de rencontre, lui se chargera de la moitié est.

— C'est entendu ! Il vaut mieux ne plus se voir après ce soir, au moins pour quelque temps, pour éviter d'être repérés. La sécurité sera sur les dents après le déclenchement de notre action. Laissons à notre idée le temps de vivre dans l'esprit des autres, nous verrons si cela lui réussit ou si elle a encore besoin qu'on la materne davantage. Dans tous les cas, le document théorique que vous rédigerez sera d'une importance capitale pour la survie de notre idée.

En rentrant du point de rencontre, Adam avait pris dans l'atelier d'expression deux bombes de peinture sans odeur, une rose et une grise à base d'argile, du même gris que celui des murs du Camp. Une heure avant de commencer les inscriptions, il se mit complètement nu et se peignit tout le corps. Il peignit du même gris la bombe qu'il allait utiliser pour écrire. Il était devenu un homme d'argile. À trois heures il sortit de sa chambre. Ses pieds d'argile glissaient sans bruit sur le sol lisse et luisant. Ses yeux rougis par l'insomnie étaient le seul signe de vie derrière son masque. Il commença à écrire dès qu'il fut dans le couloir. Il écrivait tour à tour trois slogans : " Laissez-nous vivre !", "Laissez-nous aimer !", "À bas les pharaons !". Chaque fois, il signait par un double A. Les lettres roses se détachaient sur les murs, comme des hiéroglyphes dans une tombe de pharaon. C'était l'unique trace qu'Adam laissait sur son passage. Dehors, lorsqu'il voyait le champ des projecteurs se rapprocher de lui, il se plaquait contre le mur, s'immobilisait et fermait les yeux. Lorsqu'il sentait l'intensité de la lumière diminuer à travers ses paupières, il ouvrait les yeux et attendait d'être complètement hors du champ du projecteur pour recommencer à écrire.

De retour dans sa chambre, il se précipita sous la douche pour se débarrasser de sa couche d'argile. Il avait une grande envie de dormir. Il s'enfonça dans son lit et s'endormit presque tout de suite. Il fut réveillé comme dans un cauchemar par la sonnerie du signal d'alarme. Au début il n'arrivait pas à déterminer la nature de ce bruit infernal et ne fit pas le rapport avec le signal d'alarme. Quelques instants après l'alarme s'arrêta comme par enchantement et il entendit une voix inconnue : "A tous les prisonniers, nous sommes heureux de vous annoncer la naissance d'un groupe révolutionnaire dans le Camp, les Amis de l'Amour. Nous réclamons notre droit d'aimer, notre droit de vivre. Les Amis de l'Amour veulent rétablir le droit d'aimer. Nous disons non à la société pharaonique qui opprime les amoureux ! Certes, une naissance nouvelle est toujours un événement inquiétant pour ce qui vient à naître. Moïse en est la preuve. Pharaon avait ordonné l'extermination de toute sa génération, un bel accueil qui à lui seul justifie le cri de la naissance ! Mais ce que Pharaon ne savait pas, c'était que Moïse allait naître de lui et en lui. Lorsque l'oracle annonça à Pharaon qu'un enfant allait naître et causer sa ruine et celle de son royaume, il n'avait pas su interpréter correctement la prophétie. Il avait pensé à toutes les grossesses sauf à la sienne. Moïse n'était pas dans le ventre d'une femme, tout le royaume de Pharaon en était gros ! La naissance inquiète l'être qui vient à naître parce qu'il sait qu'il dérange le monde dans lequel il fait irruption. Mais elle inquiète surtout ce monde qu'elle dérange et qui traduit son inquiétude par l'hostilité et la violence. Les nouveau-nés sont certes fragiles, mais parfois ils annoncent la fatalité de la fin du monde dans lequel ils viennent à naître. Dans ce cas, ils sont hors d'atteinte et leur œuvre de justice s'accomplira inéluctablement. Les camps de rééducation sont des sociétés pharaoniques qui croient qu'elles peuvent empêcher la naissance de Moïse en interdisant l'amour. Mais Moïse est né ! Les mages, guidés par son étoile, partent déjà à sa rencontre. Les Amis de l'Amour sont l'étoile qui guidera ceux qui attendaient la naissance de Moïse. La vie de notre idée, qui est peut-être la vôtre aussi, dépend maintenant de vous. Nous comptons sur vous !" La voix se tut et le silence revint dans la chambre.

— Bravo, bravo ! s'écria Adam en sautant dans son lit, les bras levés et serrant les poings, oubliant la léthargie de son corps.

Il ressentait un immense sentiment d'admiration et de respect pour le Vieux qui venait de s'acquitter si brillamment de sa tâche. Il s'enfonça de nouveau dans son lit et s'endormit les poings fermés.

10

L'hôpital des invalides âgées

Maniké pensait au visage et à la détresse de la jeune fille qu'elle venait de quitter. Elle aurait souhaité la consoler plus, diminuer le poids de sa souffrance. Mais elle savait que ce n'était pas la seule jeune fille qui souffrait, que le monde était rempli de souffrance et qu'elle n'y pouvait pas grand-chose. Elle avait hâte de retrouver sa mère. Elle ne savait pas si elle devait lui parler de son amour pour Adam, « peut-être ne comprendrait-elle pas ma transgression de l'interdit du service. Peut-être même me dénoncerait-elle si je lui avoue que je continue à aimer Adam. Non, je ne parlerai pas de mon amour à ma mère, ce serait prendre un risque inutile ! » Lorsqu'elle entra dans l'immeuble de son enfance, elle se rappela tout à coup avec précision l'odeur du pain qu'elle allait chercher le matin, une odeur de blé grillé. Cette odeur parfumée et appétissante n'était pas dans sa mémoire, elle émanait de tout le vestibule. Sous l'effet du souvenir de cette odeur, sa perception du temps se modifia. C'était très tôt le matin, et elle revenait après être allée chercher le pain. Elle regarda ses mains, elles étaient vides et il était dix heures du soir. Il y avait très longtemps qu'elle n'allait plus, au petit matin, chercher le pain. Il y avait très longtemps aussi qu'elle n'était pas revenue chez sa mère. Elle monta l'escalier avec l'agilité d'une petite fille, jusqu'au troisième étage. Elle voulut sonner à la porte en face d'elle qui portait le numéro 31, mais ne le fit pas tout de suite, elle se sentait légèrement essoufflée ; elle n'était plus une petite fille. Le tapis usé posé sur le palier lui rappela que ses propres pas avaient jadis contribué à son usure, comme ils étaient maintenant en train de le faire. Quand le rythme de sa respiration retrouva sa régularité, elle pressa son doigt sur le bouton. Elle entendit nettement la sonnerie retentir derrière la porte et se rappela les soirs où sa mère rentrait très tard et sonnait à la porte, ayant oublié ses clefs, alors qu'elle-même dormait déjà depuis longtemps dans sa chambre au fond de l'appartement. Elle sortait de son lit et se précipitait sur le téléphone, mais la sonnerie continuait de retentir. Alors elle allumait toutes les lumières qui lui tombaient sous la main et allait en courant vers la porte pour entendre sa mère dire :

— Maniké, ouvre-moi, c'est ta mère, j'ai oublié mes clefs…

La porte s'ouvrit. Maniké se retrouva face à face avec une femme inconnue en blouse blanche, propre et froide qui sentait le couloir d'hôpital ; un médecin peut-être, non, sûrement une infirmière. Maniké esquissa un mouvement de recul ; elle crut qu'elle s'était trompée de porte.

— Excusez-moi, mais c'est bien ici le 31 ?

— Oui, c'est bien ici.

— Mais alors ma mère a déménagé ?

— Peut-être pas, car la personne qui habite ici se trouve à l'hôpital. Je suis ici pour lui rapporter certaines affaires dont elle a besoin.

— Oh ! C'est réellement une mauvaise surprise… C'est grave ?

— Vous savez, dans ces cas-là, on ne sait jamais.

— Quand est-ce que je peux la voir ? Où ?

— Pas avant demain aux heures de visite, entre dix-huit et dix-neuf heures. Elle se trouve à l'hôpital des invalides âgées, boulevard 375, dans la banlieue ouest. Chambre 1717.

— Merci beaucoup. Est-ce que je peux compter sur vous pour dire à ma mère que je suis de retour et que je viendrai la voir demain ?

— Je le lui dirai.

Maniké laissa l'infirmière et redescendit. Elle aurait tant voulu retrouver la maison de son enfance. Mais cette odeur de couloir d'hôpital et cette inconnue avaient brisé son élan. À mesure qu'elle s'éloignait de l'immeuble, une grande tristesse s'installait en elle, une tristesse neutre et lourde qui prenait possession des moindres recoins de son âme, la tristesse face au destin aveugle qui livre les hommes sans discernement à la maladie et la mort. Le plus triste, c'est cette vieillesse qui détruit les êtres morceau par morceau, inexorablement. Maniké regarda autour d'elle ; quelques rares silhouettes passaient à la vitesse du vent. Elle pressa le pas pour rentrer chez elle, bien qu'elle n'eût aucune envie de dormir.

L'hôpital des invalides âgées était une immense bâtisse. Mais au lieu de s'élever dans le ciel, elle s'enfonçait sous terre. Un seul étage émergeait, tout le reste était en sous-sol. Pour aller à la chambre où était sa mère, Maniké prit l'ascenseur et descendit au dix-septième sous-sol. Lorsqu'elle sortit de l'ascenseur, elle se retrouva dans un immense couloir bordé de baies vitrées. À intervalles réguliers, des femmes de tous les âges étaient debout, le visage collé aux vitres, comme devant un mur des Lamentations. Certaines parlaient très fort en faisant de grands gestes, d'autres gesticulaient sans parler. De l'autre côté de la vitre se trouvaient des femmes âgées, pour la plupart très affaiblies. Beaucoup parmi elles restaient allongées dans leur lit, quelques-unes se tenaient debout contre la vitre qui les séparait de leur visiteuse. Leurs lèvres et leurs mains remuaient, mais aucun son ne parvenait de l'autre côté. D'autres, immobiles, regardaient droit devant elles. Maniké reconnut sa mère allongée dans son lit. Elle l'appela en frappant contre la vitre, mais sa mère resta dans la même attitude, aucun son ne semblait lui parvenir. Elle frappa plus fort sur la vitre, en criant et en faisant de grands gestes, mais n'obtint aucun résultat. Alors elle se mit à examiner soigneusement la vitre pour voir s'il n'y avait pas une ouverture quelconque. Rien. C'était la même épaisseur infranchissable du numéro 1716 au 1718 et tout au long du couloir. Elle revint au 1717 et se remit à marteler la vitre de ses deux poings en criant : "maman ! Maman !". Elle s'arrêta lorsqu'elle ne put plus supporter la douleur et éclata en sanglots. Les mains et le visage collés à la vitre, elle se laissa glisser pour tomber sur les genoux. Ses larmes et son souffle chaud et humide laissèrent une longue trainée le long de la vitre. Elle ne comprenait pas. Sa mère était là, elle souffrait peut-être et elle était là à quelques mètres d'elle, incapable de lui parler ou de l'entendre, elle ne savait même pas que sa fille était là. « Ce n'est pas possible, pensa-t-elle, il y a sûrement un moyen de voir ma mère, de lui parler ! » Elle se releva. Sa mère était toujours dans son lit, dans la même position. Elle se demanda comment sa mère avait pu entrer dans ce box de verre. « Il y a certainement une entrée quelque part. » Elle remonta le couloir dans la direction des ascenseurs, pour remonter au niveau 1. En sortant de l'ascenseur, elle se retrouva dans un immense hall qu'elle parcourut dans tous les sens, sans trouver personne à qui parler. Elle finit par remarquer un interphone sur lequel était inscrit le mot "orientation ". Elle décrocha. Une voix y résonna.

— Puis-je vous aider ?

— Enfin ! Oui, bien sûr ! Je veux voir ma mère !

— Numéro de chambre ?

— 1717.

— Descendez au niveau -17, je vous annonce.

— Mais ...

On avait déjà coupé à l'autre bout. Elle se précipita vers les ascenseurs, appuya sur tous les boutons d'appel, s'engouffra dans le premier et redescendit au niveau -17. Elle sortit en courant dans le couloir et s'arrêta au 1717. Sa mère, toujours couchée, avait maintenant la tête tournée du côté du couloir, de sorte qu'elle la vit arriver. Maniké riait, pleurait, parlait à haute voix et gesticulait.

— Comment ça va maman ? Dis-moi comment je peux entrer !

Mais sa mère restait immobile, la regardant, un sourire figé sur les lèvres. Elle semblait la voir, mais ne l'entendait certainement pas. Son regard avait changé comme sous l'effet d'une longue souffrance. Maniké continuait à lui parler comme si elle pouvait l'entendre. Puis elle se tut et la regarda longuement en silence, sans comprendre. Une alarme retentit dans le couloir. Lorsqu'elle s'arrêta, une voix métallique se fit entendre.

— Attention ! Attention ! La visite est terminée. Dans cinq minutes des gaz désinfectants seront lâchés dans les couloirs de visite. Pour votre sécurité nous vous prions de regagner immédiatement la sortie. Attention ! Attention ! La visite est terminée. Dans cinq minutes des gaz désinfectants seront lâchés dans les couloirs de visite. Pour votre sécurité, nous vous prions de regagner immédiatement la sortie…

Maniké regarda autour d'elle. La plupart de celles qui étaient dans le couloir se dirigeaient maintenant vers la sortie. « Tant pis, moi je ne partirai pas comme cela, je ne quitterai pas ce maudit hôpital avant d'avoir parlé à ma mère ! » De l'autre côté de la vitre, sa mère la regardait toujours de son regard éteint, absent. Dans le couloir, une odeur bizarre commençait à se répandre, de plus en plus forte. Maniké se mit à tousser dans une quinte continue, ses yeux lui faisaient de plus en plus mal, comme si on les piquait avec des aiguilles. Elle voyait de plus en plus mal à travers la vitre. Une buée se formait rapidement dessus. Bientôt elle ne vit plus rien à travers la vitre. Elle courut vers la sortie et remonta au niveau 1. Le grand hall était désert, comme tout à l'heure. Elle alla vers l'interphone, décrocha et attendit longtemps une réponse qui ne vint pas. Lorsqu'elle comprit qu'il n'y aurait pas de réponse, elle raccrocha le combiné. Elle lut alors sur le cadran : "Orientation de 18 à 19 heures".

Elle quitta l'hôpital des invalides âgées, vidée, malade et dégoûtée de tout. Sur le chemin de son appartement,

138

personne ne semblait remarquer sa peine, beaucoup avaient l'air heureux. La nuit tombait. Elle prenait possession de la ville et des femmes. Elle se rappela l'époque où sa mère sortait beaucoup le soir et ne revenait que très tard. Maniké se couchait donc avant son retour. Elle dormait toute seule dans l'appartement. Parfois, elle se réveillait brusquement, cherchait sa mère et ne la trouvait pas. Alors elle pleurait longuement, assise dans son lit, la tête entre ses genoux, épouvantée dans le noir. Elle se rappela nettement un de ces soirs. Elle devait avoir dix ans. Elle s'était réveillée, avait cherché sa mère sans la trouver. Elle pleurait et avait peur. Elle était restée un moment la tête dans les mains, entre ses genoux. Puis elle s'était levée, avait tiré les rideaux de la fenêtre pour regarder l'immense ballet des lumières de la ville, qui semblait encore plus vivante que pendant le jour. Toutes ces lumières la rassurèrent. Elle ouvrit la fenêtre, une symphonie de tous les bruits la submergea. Elle n'entendait pas les bruits, elle les respirait, les touchait, les avalait. Elle se sentit gagnée par ce souffle et oublia sa peur.

11

Le robot tortionnaire

Vers dix-sept heures, Adam quitta sa chambre pour faire sa visite quotidienne au point de rencontre. Il y avait déjà beaucoup de monde, plus que d'habitude à cette heure-ci de la journée. Les hommes étaient par petits groupes, en conversations très animées. Adam se dirigea vers le bar comme d'habitude et demanda un soixante-quatre. Il resta un moment accoudé au bar, regardant la salle. Il remarqua, parmi l'un des groupes, le Vieux, assis, écoutant les autres. Sa longue crinière de neige tombait sur ses épaules. Il quitta le bar pour rejoindre un groupe dont plusieurs restaient debout. Le groupe écoutait un homme parmi ceux qui étaient assis. Il avait le teint pâle, ses cheveux longs et en désordre étaient mal peignés. Il portait des lunettes.

— les hommes ont coupé le sentiment de sa racine biologique !

— Quelle racine biologique ? demanda un de ceux qui étaient debout, je ne connais pas de racine biologique, j'ai toujours pensé que l'amour-sentiment se justifie par lui-même.

— Pas dans les anciennes sociétés mixtes, reprit l'autre, où les rapports entre hommes et femmes étaient fondés sur la complémentarité dans la procréation. Aujourd'hui, les relations entre les hommes et les femmes sont établies sur de nouvelles bases qui excluent la procréation. Le droit d'aimer doit être garanti en dehors de la procréation. C'est pourquoi je pense que la revendication des Amis de l'Amour est juste. Nous en avons assez du tabou de l'amour.

— Oui, nous en avons assez !

Quelqu'un cria à l'autre bout de la salle.

— Les robots !

Un mouvement de panique parcourut toute la salle. Les robots entraient l'un après l'autre, avançant d'un pas lourd et mécanique. Ils étaient armés de fusils à baïonnette. Ils formèrent rapidement un cercle autour de ceux qui étaient dans la salle et avancèrent les uns vers les autres, baïonnettes en avant, réduisant de plus en plus le cercle. Adam se retrouva au milieu, il sentait ses muscles et ses os broyés sous la pression des autres. Lorsque les prisonniers formèrent un tas compact, entassés les uns sur les autres, les robots s'immobilisèrent. Une voix métallique résonna dans la salle : "A tous les prisonniers. À partir d'aujourd'hui 17 h 30 tous les points de rencontre seront fermés jusqu'à nouvel ordre. Il est désormais interdit de se parler. Vous ne devez plus sortir de votre chambre, sauf si vous y êtes invités par les autorités. Ceux qui désobéiront seront sévèrement punis. Maintenant regagnez vos chambres et sans traîner !" Un robot se déplaça, faisant une ouverture dans le cercle. Les prisonniers se détachèrent un à un du tas et sortirent en courant vers leurs chambres. Adam était inquiet, il n'avait pas encore rédigé le document théorique et il savait qu'il serait pratiquement impossible de le distribuer dans ces conditions. Le souvenir de la discussion à laquelle il venait d'assister au point de rencontre le réconforta : son idée commençait déjà sa vie dans l'esprit des autres, mais d'un autre côté, elle était déjà menacée de mort.

Dans sa chambre le Vieux tournait comme un fauve dans sa cage. Cette interdiction de parler aux autres, juste au moment où il avait quelque chose à leur dire, l'indisposait particulièrement. Autant il détestait parler aux autres quand c'était pour échanger des banalités, autant il ne supportait pas la vie sans eux quand il avait un message à faire passer. Il fallait trouver un moyen de continuer à faire passer son message.

Un soir, le Vieux entendit un bruit à sa porte, comme si quelqu'un essayait de l'ouvrir. Il s'en approcha, mit son oreille contre. Quelqu'un frappa très doucement. Le Vieux se demandait qui cela pouvait bien être. Les prisonniers étaient tous enfermés dans leurs chambres et les éducateurs avaient leurs clés.

— Qui est-ce ?

Il n'y eut pas de réponse. Maintenant on essayait d'ouvrir. « C'est peut-être un éducateur qui ne trouve pas la bonne clé », pensa le Vieux. Il y eut un déclic dans la serrure et la porte s'ouvrit. Le Jeune entra et referma rapidement la porte derrière lui. Le Vieux n'en revenait pas.

— Ça alors ! Mais tu es complètement fou ! Comment as-tu pu sortir de ta chambre ? Comment as-tu ouvert la porte ?

— Chuuut ! On pourrait nous entendre ! Tu sais bien qu'aucune serrure ne me résiste...

— Mais tu es fou ! Les éducateurs peuvent entrer à tout moment !

— Oui, je sais, mais je n'en pouvais plus, cet isolement me rend fou ! Je ne resterai pas longtemps, mais je devais prendre ton avis sur une question importante. La situation présente est dangereuse pour notre action, elle peut tuer dans l'œuf notre projet, il faut trouver un moyen de poursuivre notre action. Or, tant que dure l'isolement, je suis le seul à pouvoir le faire, je suis le seul à pouvoir sortir de partout et entrer partout !

143

— Sois bref, viens-en aux faits !

— Voilà... J'ai confectionné une bombe, je l'ai placée dans le restaurant des éducateurs et la commande est dans ma chambre. Je suis venu te demander l'autorisation de la faire exploser...

— Mais tu es encore plus fou que je le pensais ! Le restaurant des éducateurs est en pleine zone d'habitation des nouveaux prisonniers !

— C'est vrai ! L'explosion fera des victimes parmi les nouveaux prisonniers, mais notre cause vaut bien ce sacrifice...

— Non ! La vie d'un seul prisonnier vaut mieux que toutes les causes humaines. Et puis c'est une question de principe, je ne veux pas qu'on recoure au terrorisme.

— Même quand on nous écrase sous la botte des robots ?

— Même quand on nous écrase sous la botte des robots !

— C'est complètement insensé ! Nous ne pouvons pas les laisser le pouvoir des robots monopoliser le droit au terrorisme !

— Le terrorisme du pouvoir n'est pas un droit, c'est un abus comme les autres !

— Nous ne devons pas nous laisser faire, nous devons répondre à la violence par la violence !

— Tu te trompes complètement sur notre mouvement. Le terrorisme est incompatible avec l'idée de notre action. Contrairement au pouvoir, nous ne voulons pas imposer nos idées par la force !

— Le pouvoir nous prive du droit d'expression. Le seul moyen qui nous reste, c'est la violence. Le pouvoir ne nous donne pas le choix. Je ferai exploser des bombes tant qu'ils ne me laisseront pas parler librement aux autres !

— Si tu fais exploser une seule bombe, tu n'auras plus rien à avoir avec notre mouvement !

Le Jeune sortit de sa poche un morceau de fil de fer, alla vers la porte et l'ouvrit facilement cette fois. En sortant, il la referma derrière lui. Le Vieux eut un regret : il avait formé un terroriste sans le vouloir. « Il faut le reconnaitre : les autorités m'ont beaucoup facilité la tâche ! »

Ce soir-là, Adam eut la visite qu'il redoutait. Il était dans son lit, endormi, quand un bruit le réveilla : on ouvrait sa porte. Un robot entra, flanqué de deux soldats. Il alluma toutes les lumières dans la chambre. Il avait dans sa main la bombe dont Adam s'était servi pour les inscriptions.

— Debout ! Lui cria l'un des soldats.

Adam sortit du lit.

— À poil et contre le mur !

Adam enleva la chemise de son pyjama.

— Tout ! J'ai dit à poil ! aboya le soldat en frappant Adam avec la crosse de son fusil.

Adam enleva le pantalon de son pyjama. Il était plié de douleur, il avait reçu le coup de crosse en plein dans l'estomac.

— Allez ! Contre le mur, plus vite que ça, les mains derrière la nuque ! Le soldat criait ses ordres en le menaçant de son fusil.

Adam se mit debout contre le mur, les mains derrière la nuque. Des frissons parcouraient ses muscles et ses os, il s'attendait à recevoir à tout instant le coup de crosse qui allait briser sa colonne vertébrale. Le robot et l'un des soldats commencèrent à fouiller la chambre, l'autre restait planté derrière Adam. Ils commencèrent par le lit en ouvrant le matelas et le sommier à l'aide de longs couteaux.

— Emmenez-moi cette pourriture à la salle des interrogatoires ! cria le robot.

Le soldat qui était planté derrière Adam le saisit, lui tordit les bras en passant ses mains derrière son dos et lui passa les menottes. Adam sentit l'acier froid lui broyer les os des poignets. Le soldat leva sa jambe et envoya sa botte dans le dos d'Adam qui fut éjecté hors de la pièce. En tombant, sa tête heurta violemment le sol, le soldat le ramassa et le traîna vers la salle des interrogatoires. Là, il le fit asseoir, toujours nu, sur une chaise en fer tapissée de pointes. Adam sentit les pointes pénétrer dans sa chair et fit un effort pour se relever, le soldat le fit rasseoir violemment et l'attacha à la chaise avec une corde en nylon. Le robot s'approcha, leva le bras et gifla Adam.

— Alors, salopard ? C'est donc toi qui as noirci les murs ?

Adam voulut répondre, mais la douleur l'en empêcha. Le robot le gifla une seconde fois.

— Alors ? Tu réponds ou il faut que je te fasse cracher la langue ? C'est toi, oui ou non ?

— Oui, c'est moi ! lâcha Adam dans un cri de douleur.

— Qui était avec toi ? Vous étiez deux n'est-ce pas ?

— Non, j'étais seul.

Cette réponse lui valut un coup de poing dans le ventre qui le fit vomir.

— Quel est le nom du salopard qui était avec toi ?

— J'étais seul ! répéta Adam.

— Puisque tu veux jouer au dur, tu vas être servi !

D'un coup de pied, il renversa la chaise sur laquelle était attaché Adam. Celui-ci se retrouva contre le sol, le visage ensanglanté, avec la chaise sur le dos. Le robot prit des tenailles qui étaient posées sur une table à côté de la chaise, parmi d'autres instruments de torture et se mit à lui arracher les ongles. Adam poussait des cris horribles.

12

La mort de la mère

Le lendemain, Maniké revint à l'hôpital des invalides âgées. Lorsqu'elle pénétra dans le hall sinistre, elle alla vers le téléphone qu'elle avait déjà utilisé hier. Elle décrocha et attendit. Elle voulait tenter de convaincre les autorités de l'hôpital de la laisser parler à sa mère. Elle n'aurait plus le courage de voir son sourire figé et son regard éteint derrière ce mur monstrueux. Elle voulait lui prendre les mains, la réconforter, la consoler, juste retour des choses. Elle voulait lui manifester sa présence, lui prouver son attachement, au lieu d'être, comme hier, cette image lointaine, irréelle. Au bout d'un quart d'heure, elle n'avait toujours pas de réponse. Elle vit une femme en blouse blanche sortir d'un des ascenseurs et se diriger vers elle. Lorsqu'elle fut assez près, elle reconnut l'infirmière qu'elle avait rencontrée avant hier dans l'appartement de sa mère.

— Ah, vous voilà, heureusement ! Je voulais vous parler, c'est-à-dire à vous ou à quelqu'un d'autre de l'hôpital. Il faut que je voie ma mère, que je lui parle, que je sache ce qu'elle a !

— Trop tard, votre mère est morte ce matin, à l'aube.

Maniké bondit sur l'infirmière et empoigna le col de sa blouse en criant.

— Ce n'est pas possible ! Vous êtes des monstres, vous avez assassiné ma mère. Je le savais, je l'ai su hier. Pourquoi m'avez-vous empêchée de parler à ma mère ? Pourquoi ?

Et elle éclata en sanglots. L'infirmière tentait de se dégager sans y parvenir.

— Mais lâchez-moi donc ! Vous êtes complètement folle.

Maniké la relâcha et tomba à genoux, son visage dans ses mains. "Assassins ! Assassins !" criait-elle entre ses sanglots. L'infirmière était déjà dans l'ascenseur.

Maniké resta longtemps sur place, à même le sol, pleurant de douleur et d'indignation, jusqu'à ce que deux inconnues, habillées de longs manteaux noirs, vinrent la trouver.

— Suivez-nous, dit l'une d'elles à Maniké. Nous allons procéder à l'incinération de votre mère.

Elles l'aidèrent à se relever en la prenant chacune par un bras et la conduisirent aux ascenseurs pour descendre au dernier niveau du sous-sol, dans une immense pièce où il faisait excessivement chaud. Sa mère était couchée sur une table au milieu de la pièce. Maniké se précipita vers elle et la prit dans ses bras en posant sa tête sur sa poitrine.

— Maman, maman chérie ! Elles t'ont assassinée ! Elles t'ont empêchée de me parler, je savais qu'elles voulaient t'assassiner !

— Allons donc ! Ça suffit maintenant, laissez-nous commencer la préparation de votre mère, dit l'une des femmes à Maniké en la tirant par le bras.

Lorsqu'elle sépara Maniké de sa mère, elle dit en direction de l'autre femme :

— Tu peux maintenant retirer le drap !

L'autre retira le drap blanc qui recouvrait le corps, le plia soigneusement et le posa sur le sol. Le corps resta nu, raide sur la table. Maniké trembla. Les deux femmes se mirent chacune d'un côté de la table. Chacune ouvrit un large tiroir logé sous la table. Maniké jeta un coup d'œil dans celui qu'elle pouvait voir. Il était rempli de produits de beauté. Il y avait des parfums, des crèmes, des lotions de toutes sortes, des pommades, une gamme complète de produits de maquillage. Elles commencèrent par mettre sur la table deux bouteilles de lotion nettoyante pour le corps avec du coton. Chacune prenait un morceau de coton, versait un peu de lotion dessus et l'appliquait sur un point du corps en massant délicatement. Lorsque le morceau de coton commençait à sécher ou à salir un peu, elles le jetaient dans un grand panier sous la table, prenaient un autre morceau, le mouillaient avec la lotion et recommençaient. Quand le corps fut entièrement nettoyé, elles rangèrent les bouteilles de lotion pour le corps et sortirent une bouteille de lotion pour le visage. L'une des femmes, celle qui était du côté opposé à celui où se trouvait Maniké, commença à nettoyer méthodiquement le visage, l'autre commença à peigner les cheveux.

— C'était une femme extraordinaire ! dit celle qui peignait les cheveux, comme si elle disait une réplique de théâtre qu'elle aurait répétée des centaines de fois.

— Oui, c'était quelqu'un d'exemplaire ! répondit aussi théâtralement, celle qui nettoyait le visage.

— Elle n'a jamais fait de mal à personne !

— Elle n'a jamais causé le moindre problème à sa communauté !

Maniké écoutait cette conversation irréelle, elle regardait les deux femmes avec des yeux exorbités. Elle avait du mal à y croire. Comment ces deux croque-morts pouvaient-elles parler de sa mère sur un ton pareil ?

— Sa fidélité à notre religion était exemplaire !

152

— Dans son travail, elle était compétente et dévouée !

— Oui, c'est vrai ! Avec elle, nous perdons malheureusement une femme inestimable !

— C'est toujours comme cela. Ce sont les meilleures qui partent les premières !

Il y avait dans le ton de leurs voix la banalité des propos sur la mort, la mort de l'autre qui est la fin de sa personnification individuelle et le début de sa personnification collective. La banalité des propos sur la mort de l'autre qui exprime le début de cette collectivisation de la personne et qui est toujours une personnalisation posthume par réduction de la personnalité.

— Bon, je crois qu'on peut maintenant commencer le maquillage, dit celle qui nettoyait le visage. Va chercher la robe à l'atelier. Ils ont pris les mesures hier, elle devrait donc être déjà prête.

Celle qui s'occupait du visage rangea la bouteille de lotion et sortit une boîte de crème de nuit, une tablette contenant tout le nécessaire pour le maquillage des yeux : couleurs, pinceaux, faux cils, rasoirs, crayons de couleurs diverses. Elle rasa complètement les sourcils puis elle traça à leur place, avec un crayon noir, deux arcs qui descendaient jusqu'aux tempes. Maniké observait en silence le visage de sa mère. Elle sentait ce visage lui échapper petit à petit, au rythme des gestes de la maquilleuse. Celle-ci peignait maintenant dans un rouge très vif les paupières closes de la morte. Lorsqu'elle termina de les peindre, elle y fixa des faux cils noirs très longs. La coiffeuse revint à la table avec la robe qu'elle suspendit à un crochet sur le bord de la table.

— Manucure bien les mains avant de mettre les faux ongles et le vernis.

Pendant que sa collègue commençait les mains, la maquilleuse mettait sur les lèvres un rouge de la même couleur que celui sur les paupières. Elle ajouta un peu de rouge sur les joues et ouvrit l'un des tiroirs sous la table. Maniké regarda à l'intérieur. Il était rempli de bijoux. La maquilleuse y choisit un collier, des boucles d'oreilles et des bagues qu'elle mit sur la table. Après avoir refermé le tiroir, elle prit le collier et le mit autour du cou de la morte, puis elle fixa les boucles à ses oreilles. Quand la manucure eut fini, elle répartit les bagues entre les deux mains, trois à la main droite dont deux à l'index et une à l'auriculaire, quatre à la main gauche dont deux à l'annulaire, une au médium et une à l'index. Puis elles lui mirent la robe et les chaussures.

— Maintenant, si vous voulez bien nous suivre, dit la maquilleuse à Maniké, nous allons la conduire à la salle d'incinération.

Maniké et les deux femmes qui poussaient la table sur laquelle se trouvait le corps de sa mère arrivèrent devant une grande porte à double battant fermés. Sur chaque battant était sculpté, un immense masque mortuaire d'inspiration pharaonique. Elles restèrent un moment devant la porte fermée, une attente très brève, car la porte ne tarda pas à s'ouvrir sur ses deux battants. Deux femmes, répliques exactes de celles qui amenaient le corps, tenaient chacune un des deux battants de la porte. Lorsque la morte et sa suite furent dans la salle, les deux images en double refermèrent la porte et se figèrent, chacune contre un battant, comme si elles y étaient crucifiées.

La salle d'incinération était une immense pièce carrée. Sur les murs, d'immenses fresques racontaient la légende du royaume de l'enfer. Le plafond, très haut, était couvert des mêmes fresques. Le sol était couvert de mosaïques correspondant aux scènes représentées au plafond, comme leurs reflets. Une bande, formée par un tapis noir très étroit, barrait le sol de la pièce en partant du milieu de la porte. Dès l'ouverture de la porte, Maniké remarqua un fait si bizarre qu'elle regretta d'avoir suivi sa mère derrière cette porte de l'enfer. La table sur laquelle se trouvait le corps pomponné entra la première dans la salle d'incinération, elle était poussée par l'une des prêtresses, l'autre marchait à côté d'elle et Maniké suivait. La table était sur trois pieds, deux derrière et un devant au milieu, munis chacun d'une petite roue tournante. Entre les roues arrière, il y avait un écart de deux mètres cinquante. La table avançait dans la salle suivant la ligne du tapis qui s'élargissait sur son passage. Le tapis n'avait guère plus de trente centimètres de large, mais en tout point par lequel passait la table, il s'élargissait jusqu'à contenir ses deux pieds arrière. Hors des limites de la table, le tapis gardait ses dimensions, de telle sorte qu'au fur et à mesure qu'avançait la table, chaque point du tapis passait de trois centimètres à près de trois mètres, pour revenir à trois centimètres. Dans le mur opposé à la porte, une vitre carrée laissait transparaître une lueur d'un rouge vif. Lorsque la table buta contre le mur, la tête de la morte toucha la vitre et son visage prit la même couleur que celle qui transparaissait à travers la vitre, perdant le semblant d'expression que lui donnait le maquillage et devenant très inquiétant. Les deux prêtresses d'Hadès s'agenouillèrent, chacune d'un côté du lit de la morte et entonnèrent ensemble la même psalmodie murmurée à l'adresse de l'être qui transparaissait derrière la vitre.

— Oh notre Déesse, notre seule Déesse, tout est de toi, tout revient à toi. Nous te rendons Ton dû !

La prêtresse manucure-coiffeuse se leva, souleva la vitre et poussa le corps dans le trou rouge vif, très lentement, la tête d'abord puis les épaules, la poitrine, le ventre, le bassin, et les jambes. Lorsque le corps disparut complètement dans le trou, elle referma la vitre et revint s'agenouiller à sa place. Le feu s'estompa peu à peu, jusqu'à ce que la vitre devînt un trou noir dans le mur. Alors les prêtresses se levèrent et se dirigèrent vers la sortie. Maniké les suivit. Les deux répliques ouvrirent la porte pour les laisser passer, avant de la refermer derrière elles.

— Vous pouvez partir maintenant, dit la prêtresse-maquilleuse à Maniké. Nous vous expédierons les cendres de votre mère.

13

L'Ève nouvelle

Adam avait beaucoup souffert sous la torture. Il avait perdu tous ses ongles et une partie de ses dents, mais il n'avait pas parlé. D'ailleurs, il n'avait rien à leur apprendre parce qu'il ne connaissait que le Vieux qu'ils avaient déjà arrêté grâce aux résultats du décodage de sa voix. Quant au Jeune, il ne l'avait jamais vu et ne connaissait pas son nom et eux savaient déjà qu'il avait participé. Ils savaient, grâce à l'analyse des écritures, qu'Adam n'avait écrit que sur la moitié ouest et que c'est un autre qui avait écrit sur l'autre moitié. Maintenant qu'ils avaient arrêté le Vieux, ils allaient analyser son écriture et savoir que ce n'était pas lui. Ils sauront donc qu'il y avait une troisième personne. Il savait donc qu'en parlant il ne leur apprendrait rien, mais il n'avait pas parlé par principe. Lorsqu'ils avaient su qu'ils n'apprendraient rien de lui, ils l'avaient ramené dans sa chambre, l'avaient jeté sur le sol et l'avaient quitté en proférant les pires menaces. Il était resté sur le sol, incapable de bouger, le corps douloureusement présent.

Il resta ainsi des jours et des nuits, s'accrochant à la vie comme une bête blessée. À chaque moment, il s'attendait à voir les soldats faire irruption dans la chambre et le piétiner avec leurs bottes, avant de l'emmener pour le découper en morceaux. Parfois, il imaginait Maniké subissant le même sort que lui et cette idée lui rendait sa douleur encore plus insupportable. C'est à un de ces moments qu'il vit, par son œil épargné, Androgyne entrer dans la chambre.

— Tu penses donc pouvoir sauver le monde ?

Adam ne répondit pas. D'après son ton, Androgyne voulait dire en réalité : « Malheur à toi qui penses pouvoir sauver le monde ! »

— Par ta faute, ce pauvre vieux est mort sous la torture !

Adam sursauta, oubliant sa douleur. Il fut saisi d'une angoisse soudaine, une angoisse inconnue. C'était la première fois qu'il était accusé de la mort de quelqu'un.

— Tu n'as pas le droit, poursuivit Androgyne remuant le couteau dans la plaie, de pousser les hommes à se sacrifier pour ta cause ...

— Mais ce n'est pas ma cause ! protesta Adam, c'est notre cause !

— Alors pourquoi à ton avis t'a-t-il attendu pour se sacrifier pour cette cause si c'était la sienne ? N'était-il pas là depuis soixante ans ? Avait-il jamais tenté une quelconque action ?

— Je ne l'avais pas forcé à me suivre, il était libre de refuser de me suivre. D'ailleurs, il me donnait l'impression que c'était moi qui le suivais !

— S'il a accepté de te suivre, c'est parce que tu lui avais donné l'illusion de pouvoir se sauver et sauver le monde. Comme tous les activistes, tu es un sophiste et un marchand d'illusions. Vous ne vous préoccupez pas du sort des autres, pourvu que vos illusions trouvent acquéreur !

— Mais je ne peux pas me résigner et courber le dos à l'absurdité du monde, je ne peux pas me résigner à subir le mal !

— Je ne te demande pas de te résigner, je te demande seulement de ne pas causer de mal aux autres en les nourrissant de tes illusions !

— Personne ne peut se sauver sans les autres, du moment qu'ils sont l'instrument de notre perte.

— C'est donc bien ton propre salut que tu cherches ?

— Mon propre salut !

160

— Et en quoi consiste-t-il, d'après toi ?

— En l'amour ! Pouvoir aimer Maniké, être aimé d'elle, vivre notre amour !

— Si ce n'est que cela, tu n'as pas besoin de prêcher. Je peux t'aider à vivre ton idéal.

— Pourquoi ne l'as-tu pas fait avant ?

— Je n'étais pas inspiré !

— Maintenant que tu sembles l'être, comment comptes-tu t'y prendre ?

— D'abord, je t'apprends que Maniké a été libérée.

— Comment cela ? Ce n'est pas possible ! Comment a-t-elle pu renoncer à notre amour ?

— Elle n'a pas renoncé. Elle a seulement abouti à la conclusion qu'il ne servait à rien d'être sincère avec le pouvoir, du moment qu'il est le plus fort. Elle a préféré la ruse et la dissimulation à l'activisme triomphant. Les autorités l'ont crue sur parole et elle a pu retourner dans sa communauté.

— Mais alors pourquoi ne m'a-t-elle pas prévenu ?

— Tu crois que c'est aussi simple ? Et puis, peut-être a-t-elle voulu rester fidèle à la tradition de l'amour ancien, selon laquelle c'est à l'homme qu'il revient de chercher la femme, avec le risque de ne jamais pouvoir la retrouver !

161

— Mon salut est désormais impossible, du moment que j'ai perdu Maniké !

— Je peux t'aider à la retrouver, à condition que l'on s'entende sur le sens et la finalité de l'amour. Pourquoi, d'après toi, les hommes aiment-ils ?

— Ils aiment parce qu'ils sont des demi-dieux, des êtres imparfaits. Ils aiment parce qu'ils cherchent la perfection.

— Nous pouvons donc dire que l'amour est la recherche de la perfection. Mais en quoi consiste cette perfection ?

— Elle consiste en la fusion de l'amant et de l'aimé, pour que de deux ils ne fassent plus qu'un !

— C'est exactement ce que je peux t'aider à réaliser. Je peux t'aider à rejoindre Maniké et à ne plus former qu'un avec elle. Mais pour cela, il faudra accepter le sacrifice de ton individualité, il faudra que tu acceptes de devenir femme !

Adam ne saisit pas tout de suite le sens inouï de ces paroles, son esprit hésita longuement entre les mots qu'il entendait, le sens de ces mots et la réalité à laquelle correspondait ce sens.

— Devenir femme ? Être femme ? C'est certes le plus grand défi qu'un homme puisse opposer à la société ! dit-il comme s'il s'adressait à lui-même.

Puis il se tut pendant un long moment, l'air grave et préoccupé. Et brusquement, il éclata de rire, un rire démesuré, fou, qui fit peur à Androgyne. Lorsqu'il cessa de rire, son visage retrouva son expression grave et préoccupée, mais son regard garda l'éclat de son rire fou.

— Je sais que j'ai échoué dans ma tentative de sauver les autres. Mais je ne peux pas renoncer à me sauver moi-même, je ne peux pas renoncer à aimer. Sans Maniké, je suis dans l'impossibilité d'être. Je vais donc accepter ta proposition, je serai une femme. Je sais que tu proposes cette solution comme un compromis d'ajustement social, mais pour moi il s'agit d'un défi que je lance à l'ordre social et aussi une façon de vivre mon amour jusqu'au bout.

— Alors nous sommes d'accord. Mais sais-tu que ta décision te conduira à la chirurgie, à la transsexualité ?

— Oui. J'accepte d'être vu par les autres comme une femme.

— Bien ! Maintenant je vais t'expliquer le plan de ton évasion. La seule façon de te sortir d'ici, c'est de te porter décédé. Je vais te faire une injection qui te plongera dans le coma pendant une heure, ensuite j'établirai un certificat de décès à ton nom. Après cela, ton corps sera expédié à la clinique Casablanca. Cette clinique reçoit des corps de prisonniers décédés, pour ses expériences. Mais, ne t'inquiète pas, je préviendrai un médecin de la clinique de ton arrivée. Ce sera le chirurgien qui t'opérera. Il réceptionnera ton corps. Au lieu de te mettre à la morgue,

163

il te mettra dans un sous-sol secret de la clinique, réservé aux opérations clandestines. C'est là que tu subiras ton opération. Si elle réussit, tu pourras aller retrouver Maniké et vivre avec elle comme une femme parmi les femmes.

Pendant qu'Androgyne préparait l'injection, Adam réfléchissait aux conséquences incalculables de son choix, un choix qui lui faisait peur par sa radicalité. « Détruire ma propre identité sexuelle et prendre le sexe de celle que j'aime, c'est certes nier aux yeux des autres mon propre sexe et par là échapper à leur contrôle, mais c'est aussi mettre en péril l'identité masculine de mon amour… En renonçant ainsi à ma propre identité, je réalise sa conjonction et sa fusion avec celle de Maniké. Le choix de la transsexualité est donc la conclusion logique de mon amour que je veux vivre jusqu'au bout. Mais un amour né dans un corps d'homme peut-il survivre dans un corps de femme ?... Le vrai amour triomphe des contingences du corps. Je suis sûr que non seulement je continuerai à aimer Maniké, mais que je réaliserai mon amour en prenant un corps de femme !... » Androgyne lui prit le bras gauche, ajusta l'aiguille de la seringue sur une des veines apparentes et l'enfonça sous la peau. Adam sentit le liquide étranger se déverser lentement dans son sang. De nouveau il se mit à réfléchir sur le sens de son choix et ses conséquences possibles sur son amour. « Ne plus être un homme, prendre un corps de femme, devenir une femme ? Qu'importe ? Ma place est dans le corps de Maniké... »

Adam se réveilla dans le sous-sol de la clinique Casablanca. Il était seul. Il porta sa main à son sexe, il était toujours là. Son corps recouvert d'un drap blanc était à l'étroit dans un petit lit en fer. Il était dans une pièce assez vaste qui devait servir probablement de débarras pour le bloc opératoire. Il y avait dans tous les coins des amoncellements d'instruments et de matériels chirurgicaux de toutes sortes. Une forte odeur d'alcool planait. Ce sous-sol ressemblait plus à un souk qu'à une salle d'opération. Cependant, quelque chose manquait à cet endroit pour pouvoir ressembler vraiment à un souk, quelque chose d'essentiel dans l'apparence d'un souk, la couleur. Tous les objets qui s'y trouvaient avaient le blanc froid de l'acier. Adam pensa au moment où il éprouverait le contact de ces objets d'acier froids et tranchants. Il fit un effort pour se représenter la succession des événements qui l'avaient conduit dans cette salle d'opération clandestine. Il y avait certainement une logique implacable qui réglait la succession de tous ces événements. C'est cette logique qui l'avait conduit ici pour faire de lui une femme. L'idée que son choix n'était pas libre l'horrifia. Jusqu'à présent, il était certain que ce choix était l'acte le plus libre de sa vie. Mais, maintenant qu'il se représentait les événements qui l'y avaient conduit, il commençait à douter de sa liberté. Cependant, il aurait pu ne pas en arriver là ; il aurait pu choisir

165

d'affronter le Camp et d'y mourir. Depuis qu'un éducateur lui avait révélé la réalité de l'amour-sentiment, Adam avait changé d'attitude à l'égard de son propre corps. Aujourd'hui, il était convaincu que son corps n'était qu'un instrument de son amour. « Un sentiment peut utiliser un corps pour naître et faire périr ce corps pour lui survivre d'une vie meilleure, même si, dans ses vies successives, le sentiment a toujours besoin d'un nouveau corps. C'est là que réside la faiblesse et l'imperfection de l'esprit qui a toujours besoin de la vie pour se manifester. Chaque corps représente un moment de la volonté d'être de l'esprit. Le suicide d'un corps marque toujours un moment privilégié dans la manifestation de l'esprit. Mon choix de la transsexualité est une forme de suicide, le suicide de celui qui croit profondément en l'immortalité. L'amour triomphe toujours dans la mort de l'être qui aime ; la seule manière pour un homme de vivre une deuxième vie sans mourir, c'est de prendre un corps de femme. L'homme universel s'ennuie seul dans son corps, il lui faut le corps de la femme pour vivre et pour mourir. À l'origine, Adam engendra la femme pour défier Dieu, aujourd'hui, je l'engendre pour défier les robots. »

Il comprenait donc parfaitement la logique de son choix, il savait que, pour préserver la pureté de son amour, il fallait qu'il renonçât à son corps d'homme et qu'en prenant un corps de femme, c'était le corps de Maniké qu'il prenait. C'était en elle qu'il voulait vivre sa nouvelle vie et atteindre la source de son amour. Mais il craignait aussi la perte de la partie sexuée de son corps, la plus importante, car c'était elle son corps d'amour et redoutait que Maniké ne comprît pas son geste, qu'elle ne le reconnût pas dans sa nouvelle condition. « N'avait-elle pas commencé par aimer l'homme en moi ? Mais sans doute avait-elle dépassé le stade de l'amour des corps, son épreuve lui a sûrement permis de découvrir l'esprit de l'amour au-delà de l'apparence spécifique des corps sexués. » Un bruit se fit entendre à la porte. Elle s'ouvrit sur un androgyne en blouse blanche. Il était chauve, son front haut et très large augurait une grande intelligence et peut-être beaucoup de soucis. Il portait des lunettes avec des verres très épais. Il adressa à Adam un sourire qui se voulait rassurant.

— Bienvenue à la clinique Casablanca. Je vois que vous vous êtes réveillé au moment prévu, c'est bon signe.

— Quand est-ce que je vais subir l'opération ? demanda Adam sur un ton qui exprimait à la fois la peur et l'impatience.

— Ce soir. Il ne vous reste plus beaucoup de temps avant de rejoindre la communauté des femmes. Celle dont vous allez prendre l'identité devait rentrer dans trois semaines, à l'issue de son service. Vous aurez besoin de ce temps qui vous reste pour récupérer après l'opération et vous habituer à votre nouveau corps.

— De quelle femme voulez-vous parler ? Est-ce que je dois prendre l'identité d'une femme ?

167

— Oui ! Votre opération n'aurait pas pu se décider si nous n'avions pas trouvé une femme dans votre cas. J'appartiens, comme beaucoup d'autres chirurgiens à travers le monde, à une organisation de bienfaisance formée par les androgynes. Nous œuvrons à la réalisation de l'idéal de l'amour. Mais nous nous efforçons de le faire sans remettre en cause l'ordre social établi. C'est pourquoi nous préférons les solutions de réajustement social. Ainsi nos opérations de transsexualité sont toujours coordonnées. Par exemple, dans votre cas, il y aura une femme qui prendra votre place parmi les hommes et vous prendrez sa place dans la communauté des femmes…

— Qui est donc cette femme ?

— Je ne la connais pas. Je n'opère pas les femmes.

— En quoi va consister mon opération ?

— Elle consistera en pénectomie, castration, construction d'un pseudo-vagin et transformation du visage.

La réponse du chirurgien tomba évidente, neutre, désastreuse, comme une condamnation à mort sans appel. Adam frissonna d'horreur. Il attribua cette sensation à l'instinct de survie de son corps. Mais cette menace qui pesait sur son corps lui procurait un plaisir confus, une délectation de son esprit dans son corps. Jamais il n'avait senti aussi nettement son esprit dominer son corps.

— Je vous laisse pour l'instant, dit-il en se dirigeant vers la porte. Je reviendrai à minuit pour l'anesthésie. L'opération commencera à une heure. Si tout va bien, elle sera terminée avant l'aube.

Adam se retrouva seul, jeté dans le débarras du bloc opératoire, parmi les objets d'acier froids et tranchants, baignant dans une odeur d'alcool et de plaies ouvertes. Il regretta d'être là. Il avait une grande envie de se retrouver au point de rencontre, d'inonder ses poumons de son atmosphère chargée d'alcool et de tabac, d'éprouver le contact des corps des hommes, de sentir sur son visage leurs haleines chaudes et suffocantes. Mais le point de rencontre faisait partie d'un passé à jamais révolu. La frontière entre la clinique Casablanca et le Camp était celle entre la vie et la mort. Il savait qu'il était impossible de retourner au Camp, même s'il le souhaitait comme maintenant. Il savait qu'il n'y avait aucun moyen d'échapper à l'opération, qu'il n'y avait aucun moyen d'échapper à son destin, un destin qui lui faisait peur, même s'il pensait l'avoir choisi. Si au moins il était sûr de la liberté de son choix, mais ce choix était peut-être dicté par un destin aveugle... Perdu dans l'abîme de la conscience de sa destinée, il cherchait une planche de salut, une certitude pour ne pas sombrer. Il chercha longtemps, débouchant chaque fois sur l'impasse du doute. Il ne trouva qu'une seule certitude : son amour. Il était certain d'aimer Maniké, il était certain que tout ce qui lui arrivait était la conséquence logique de cet amour. Peut-être était-ce là son destin ... Sentant une présence, il

169

se retourna dans son lit et vit le chirurgien debout près de lui, une seringue à la main.

— Je vous fais la piqûre pour l'anesthésie.

— Déjà ?

— Oui, il est minuit.

Il tendit le bras gauche qui se trouvait du côté du chirurgien. Celui-ci chercha à l'aide du pouce de sa main gauche une des veines superficielles du bras. Ayant repéré la veine radiale, il frotta la peau autour avec un morceau de coton humide qu'il avait dans le creux de la main, puis il ajusta l'aiguille de la seringue et l'enfonça sous la peau. Il vida lentement son contenu dans la veine. Quand elle fut complètement vidée, il la retira et essuya avec le même morceau de coton. Adam sentait sa conscience perdre sa consistance ; elle se dissipait progressivement avec les sens de son corps engourdi. Comment cet esprit fier et arrogant pouvait-il s'anéantir si rapidement sous l'effet de quelques gouttes dans le sang, alors qu'il y a un instant, voguant dans l'abîme de sa conscience, il se prenait pour l'unique maître de l'être qu'il animait ? Maintenant, il ne restait plus rien de cette conscience fière et chimérique. L'écho indiscernable d'un bruit très lointain parvenait à Adam. Il fit un effort immense pour décoder ce bruit, mais sans y arriver. Il tenta de faire bouger sa tête, elle resta immobile, comme si elle était devenue de plomb. Il réussit à entrouvrir ses paupières devenues aussi lourdes que sa tête, mais ne vit qu'une substance instable informe, sans couleur et sans limites, qui se confondait avec ce qui fut son propre corps. Les paupières se refermèrent d'elles-mêmes sous leur propre poids, comme des rideaux de fer.

Le chirurgien avait dégagé une table et il était en train de trier les instruments qu'il allait utiliser dans l'opération. Au fur et à mesure qu'il les triait, il les rangeait sur la table. Ayant rassemblé tous ceux dont il aurait besoin, il ramena la table à côté du lit dans lequel se trouvait Adam, inconscient. Il enleva le drap qui l'enveloppait, découvrant le corps d'Adam dans toute sa nudité, un corps de mâle d'une extrême beauté. Le chirurgien le contempla longuement comme s'il se trouvait devant la statue d'un dieu qu'il allait profaner. Maintenant qu'il se tenait devant la beauté du corps nu d'Adam, il regrettait d'avoir accepté la mission que l'Ordre lui avait confiée. « Pourquoi mutiler un corps si beau ? Pourquoi profaner l'œuvre de Dieu ? La science a rendu les hommes fous ; ils n'hésitent plus à bricoler les créatures pour les adapter à leurs caprices. En adhérant à l'Ordre, je n'avais pas mesuré les conséquences de mon engagement. Lorsqu'ils m'avaient contacté, ils m'avaient présenté les choses d'une façon séduisante, mais partielle. Ils m'avaient expliqué qu'il s'agissait de sauver l'amour, sans mettre en péril la société ; qu'il fallait trouver une solution pour aider les femmes et les hommes à quitter leur corps pour vivre leurs sentiments... Certes, ils m'avaient parlé d'opérations, de transsexualité, mais ils avaient bien précisé qu'il ne s'agirait que "d'hommes et de femmes mal dans leurs corps, qui étaient dans leur corps par une injustice de la nature" qu'il fallait aider à retrouver un corps conforme à leur nature, etc. La réalité s'est avérée différente... Mais c'est trop tard maintenant ! Les membres de l'Ordre s'engagent pour la vie, aucune défaillance n'est tolérée. » Il saisit le corps d'Adam pour le placer sur la table, attacha les jambes et les bras et procéda à la pénectomie, puis à la castration. Ensuite, il entreprit la construction d'un pseudo-vagin avec la peau pénienne. Cette phase de l'opération était la plus délicate ; elle dura quatre heures.

Durant l'intervention, Adam avait acquis une sorte de métasensibilité qui transposait le déroulement de l'opération qui se pratiquait sur son corps dans son inconscient, sous forme de rêve. « J'étais le seul homme de l'univers et je vivais dans le paradis, à proximité de Dieu. J'étais heureux, mais je m'ennuyais dans l'éternité. À un moment de cette éternité, Dieu créa la science pour tester l'arrogance de ses créatures. Il les convoqua toutes. Je me présentai avec les autres. " Je vous ai convoqués pour vous annoncer la naissance de la plus extraordinaire de mes créatures : la science. Dans la science j'ai mis mon secret et celui de ma création. Je veux que l'un de vous accepte d'être le dépositaire de ce secret." Tous les êtres refusèrent ce dépôt, sauf moi. Je savais qu'en acceptant un tel dépôt je serai plus puissant que les autres. Mais la véritable raison qui m'a poussé à accepter un tel dépôt c'était que, depuis très longtemps, je ne supportais plus d'être seul au paradis. Je devais trouver un être qui me ressemble et me complète, pour meubler ma solitude. Ma première tâche, après que Dieu m'eut confié le dépôt, fut d'engendrer Ève pour me tenir compagnie. »

Quand Adam commença à se réveiller de son sommeil anesthésique. Il n'y avait plus de paradis, plus d'Ève, plus de proximité avec Dieu, plus d'Adam. Il n'y avait que le souk en noir et blanc du sous-sol de la clinique Casablanca et un homme qui fut homme, mais qui s'est transformé en femme. À mesure qu'il émergeait de son rêve mythique, Adam recouvrait les sens de son corps, un corps différent de celui qu'il avait l'habitude de sentir. La sensation qu'il avait maintenant de ce corps était celle d'une absence, d'un manque, comme si un vide l'avait pénétré. Il sentait une douleur diffuse entre les jambes et avait du mal à ouvrir les yeux. Il essaya de bouger, de changer un peu de position, sans y arriver, son corps était trop lourd, trop douloureux. Il sentit une main se poser sur la sienne et fit un effort immense pour ouvrir les yeux, mais ne réussit qu'à entrouvrir l'œil gauche. Il vit le chirurgien debout à côté de lui, les traits tirés, l'air préoccupé.

— Je commençais à m'inquiéter, vous vous êtes réveillé plus tard que prévu !

Adam n'eut ni la force ni la volonté de répondre. Il referma son œil. Il sentit la main du chirurgien lâcher la sienne et entendit ses pas se diriger vers la porte.

14

Chez "La mère tranquille"

Maniké croyait qu'elle ne pourrait pas survivre à sa mère, c'était compter sans le pouvoir de la vie. Elle ne savait rien de la mort qui n'avait jamais fait partie de son quotidien. Certes, elle savait que sa mère pouvait mourir, qu'elle-même le pouvait, mais elle avait toujours pensé à la mort comme à une perspective lointaine, difficilement concevable. Avec le décès de sa mère, elle avait elle-même approché la mort, jamais elle ne l'avait vue de si près. Sa douleur fut très grande de voir sa mère mourir si seule. Elle n'aurait jamais pu imaginer qu'elle pouvait assister impuissante à sa mort. Revenue chez elle après la cérémonie de l'incinération, elle crut mourir de chagrin. Refermant fenêtres et rideaux, elle fit de son appartement une tombe. Elle pleura toute la nuit, sans penser ni à boire ni à manger. À l'aube, la fatigue aida le sommeil à l'envahir. Elle se réveilla au milieu de la journée plus triste que la veille. Un vide immense s'était installé dans son cœur. Elle recommença à pleurer et ne cessa que lorsque le sommeil la gagna de nouveau. Au bout de deux jours, elle recommença à boire et à manger, par ennui, parce qu'elle n'avait rien d'autre à faire. Il n'y avait dans la cuisine que des œufs et un carton de jus d'orange concentré. Elle fit frire deux œufs et se versa un verre de jus d'orange. Le goût de l'orange lui rappela sa première rencontre avec Adam et le petit déjeuner qu'ils avaient pris ensemble. Adam était l'unique être qui lui restait au monde. Mais, peut-être ne le reverrait-elle jamais. Elle savait qu'elle ne pourrait pas vivre sans lui et comme elle n'avait aucun espoir de le revoir, elle était certaine de mourir bientôt. Cette certitude d'une fin prochaine de sa vie et de ses peines la soulagea. « Heureusement que nos peines ne nous survivent pas. »

Maintenant, elle était bien vivante et avait envie d'oublier sa peine. Elle alla dans le salon, s'allongea sur le canapé, devant la télévision qu'elle mit en marche sans prêter attention à la chaîne. "...Cet été, prenez le large, passez vos vacances sur les rivages de Mars..." Elle changea de chaîne : une jeune femme donnait les premiers soins à un nouveau-né. Elle arrêta la télévision en se demandant ce qu'elle pourrait bien faire pour tromper son ennui de vivre. Après un moment d'hésitation, elle se décida à sortir pour respirer l'ambiance de la ville. Elle fit un effort pour se changer et s'arrangea un peu. Dehors, elle fut surprise de constater qu'il faisait nuit. Avant de sortir, elle avait regardé l'heure : l'aiguille la plus large et la plus courte approchait du chiffre 9, celle qui était plus longue et moins large indiquait le chiffre 10 et la troisième, la moins large, se déplaçait rapidement du chiffre 7 vers le chiffre 8. Elle en avait déduit qu'il était neuf heures moins dix et que la journée n'était qu'à son début. Il n'était pas neuf heures, mais vingt-et-une heures et c'était tant mieux, car Maniké détestait la ville le jour. Le soir, la ville donne l'impression de s'ouvrir au reste de l'univers, ses lumières en font une étoile dans le ballet céleste. Le jour, par contre, elle ploie comme la terre entière sous la tyrannie du soleil.

Ce soir, la ville vivait une fois de plus son rêve d'étoile. L'air limpide de cette nuit d'été rendait ses bruits plus cristallins. Ils résonnaient sur les vitres des gratte-ciel dans un concert d'instruments en cristal, montaient et se perdaient dans la clameur céleste. Maniké traversa le square des petites filles ; il était désert à cette heure-ci de la nuit. Les jouets ayant perdu leurs couleurs s'animaient comme des ombres chinoises. Elle prit la rue 320 pour se rendre sur le boulevard 1006. La rue était faiblement éclairée ; elle leva les yeux et vit la pleine lune se refléter comme dans un miroir, dans un ciel très pur. Elle pensa à sa mère et se sentit profondément triste et terriblement seule. Un soupir souleva sa poitrine secouant sa gorge, mais elle n'arriva pas à pleurer. Sur le boulevard 1006, il y avait la foule grouillante et la même ambiance folle de tous les soirs. Maniké essaya de saisir l'expression des visages qui passaient à toute vitesse. Il lui sembla qu'ils étaient tous heureux, indifférents à son malheur. Chacune allait à toute vitesse, mue par l'illusion d'avoir un but. Que se passerait-il si toutes ces femmes si pressées, essoufflées, s'arrêtaient un instant et se demandaient : « Où allons-nous? À quoi bon ? » La terre continuerait-elle à tourner ? Elle essaya d'accrocher un visage dans la masse qui la submergeait, mais personne ne la remarquait, personne ne faisait attention à elle. Alors, elle comprit pourquoi, l'autre soir, elle avait secouru la jeune fille aux lèvres sèches et froissées.

Elle se fraya un passage pour traverser le trottoir ; elle voulait entrer dans un café pour s'asseoir et s'abandonner à son âme malade. À l'entrée du café elle se soumit, sans impatience, à la fouille rituelle. La salle était bondée comme d'habitude et une foule aussi dense que celle sur le trottoir se pressait autour du bar. Les filles qui assuraient le service étaient au bord de la crise de nerfs, une musique saccadée où dominaient les graves se déversait des quatre coins de la salle, rendant inintelligibles les conversations. Celles qui se parlaient avaient les visages presque collés l'un à l'autre, dans une attitude de coqs de combat. Maniké força le passage entre deux coqs pour accéder au bar, le passage se referma derrière elle presque tout de suite. Elle s'accouda au bar et décida de rester là un moment. Elle commanda une féelo à l'une des serveuses qui passait à toute vitesse devant elle, mais elle ne semblait pas l'avoir entendue. Au lieu de crier sa commande une seconde fois, elle décida de patienter. Elle regarda autour d'elle, explorant les visages de ses voisines immédiates. Derrière elle, deux coqs étaient en conversation animée. Un troisième se joint à eux, il avait le bec fermé et semblait faire un effort immense pour saisir la conversation. À la droite des coqs, une dame brune, la quarantaine passée, en décolleté avantageux, était plongée dans un journal de mode. Elle aurait bien pu être une image du journal qu'elle feuilletait. Tournant le dos à Maniké, une jeune femme aux cheveux roux coupés très court semblait perdue dans ses réflexions, si on en croyait son image qui se reflétait dans le miroir. Elle avait la tête baissée et regardait au fond de son verre, comme si elle voulait y lire son avenir. Son cou très long et lisse donna à Maniké l'envie de le caresser. Elle portait un tee-shirt sans manches et un jean très serré qui mettait en valeur ses formes d'une très grande beauté.

— Puis-je vous aider ? dit l'une des filles du bar en s'adressant à Maniké.

— une féelo !

— Blanche ou rosée ?

— Rosée, s'il vous plaît.

— Bien, madame.

Maniké regarda de nouveau dans la glace l'image de la jeune femme qui lui tournait le dos. Elle regardait toujours au fond de son verre, la tête baissée. Après une brève hésitation, elle se mit à caresser doucement son long cou avec le revers de sa main droite. La jeune femme resta un bref moment sans réagir, puis tourna lentement la tête vers Maniké. Ses yeux noisette, beaux et très tristes, exprimaient l'ennui plutôt qu'autre chose. Maniké lui sourit, elle lui répondit en esquissant un sourire du coin des lèvres.

— Excusez-moi, dit Maniké, mais je me sens si seule !

— Parlez plus fort, dit la jeune femme, en collant son visage à celui de Maniké.

— Je me sens si seule ! répéta Maniké en criant de toutes ses forces, comme si elle voulait faire entendre sa complainte à toute la salle.

La jeune femme la regarda fixement avec un air de reproche, comme pour dire : «Vous auriez quand même pu faire preuve de plus d'originalité ! »

— Vous croyez que vous êtes la seule au monde à souffrir de votre solitude ?

— Non. Justement. C'est parce que je sais que la solitude est une maladie humaine que je me révolte contre.

— Vous trouvez le temps long ?

— Je trouve immonde l'éternel instant qui passe.

— Fut-il un temps où vous souhaitiez sincèrement la suspension du vol du temps ?

— Oui, dans le passé récent, un moment très bref ; mais mon souhait n'a pas été exaucé. Le temps ne s'attarde que quand il nous pèse !

— Je connais un moyen pour vous aider à passer le temps !

— Lequel ?

— Vous allez m'accompagner dans un endroit sympathique tenu par une amie. Nous pourrons y passer une soirée agréable en oubliant nos soucis et nos peines.

— Et qu'est-ce qu'il a de spécial l'endroit de votre amie pour produire un tel miracle ?

— Il est spécialisé dans une boisson unique, au goût de punaise écrasée, mais qui devient très bonne au bout du troisième verre, sa vertu première est de vous réconcilier avec la vie.

— Allons-y !

Elles payèrent leurs consommations et sortirent du café.

— C'est loin ?

— Non, c'est à quelques blocs d'ici, dans la rue 310. Nous allons remonter le boulevard, c'est le plus court chemin.

Arrivées au niveau de la rue 310, elles traversèrent le boulevard dans le sens des numéros impairs et s'engagèrent dans une petite ruelle pavée, éclairée par des lampes de style ancien. Au numéro 7, une enseigne lumineuse s'allumait et s'éteignait. On pouvait y lire : "La mère tranquille".

— C'est ici, dit la rouquine, en poussant la porte.

— Trouve-nous une bonne place en attendant que je salue la patronne. »

La salle était éclairée par une lumière tamisée très faible. Il y avait très peu de clientes, une dizaine tout au plus. La plupart étaient seules à leur table et semblaient très déprimées. Dans un coin mieux éclairé que le reste de la salle, une dame en tenue de soirée jouait sur un piano un air nostalgique. Maniké se mit à une table près du piano. Sa compagne l'y rejoignit, elle tenait par la main une petite femme ronde très stricte qui portait un tablier blanc et avait une serviette de la même couleur, soigneusement repassée, pendue à son bras gauche.

— Je vous présente la patronne des lieux ; elle, c'est ma nouvelle amie.

— Soyez la bienvenue à "La mère tranquille", dit la petite femme ronde en esquissant une révérence en direction de Maniké. Chez moi, vous oublierez rapidement vos soucis et vos peines...

— Pour les retrouver avec la gueule de bois du lendemain, lança la rouquine sur un ton de plaisanterie.

— Demain c'est loin. Vivons d'abord ce soir, rétorqua la patronne. Et sur un ton entendu : Qu'est-ce que je vous sers ?

— Deux bien tassés, répondit la rouquine, avec un regard complice en direction de Maniké. Avec beaucoup de glaçons, ajouta-t-elle à haute voix, en direction de la patronne qui était déjà à côté du bar.

Quelques instants plus tard, elle revint avec un plateau sur lequel se trouvaient deux grands verres à moitié remplis d'un liquide doré et un seau en métal blanc. Elle posa le seau et les deux verres sur la table et retira le plateau.

— Appelez-moi si vous avez besoin d'autre chose.

— Je crois qu'il faut nous apporter la bouteille…

— À votre service. Je vous l'apporte tout de suite.

La rouquine plongea sa main dans le seau et la sortit remplie de cubes de glace.

— Vous voulez de la glace ?

— Oui un peu, dit Maniké en tendant son verre.

— À votre bonheur, dit-elle. Et elle avala d'un trait le contenu de son verre. Elle reposa le verre sur la table avec une moue de dégoût.

— Qu'est-ce que tu attends ? dit-elle à Maniké d'un air étonné.

Celle-ci porta son verre à sa bouche et, après une brève hésitation, le but d'un seul trait. Avant d'avoir eu le temps de reposer son verre vide sur la table, elle fut saisie d'une violente toux, comme si elle avait avalé du poison.

— Ce n'est rien, c'est toujours comme ça au premier verre, lui dit sa compagne.

La petite femme ronde amena une bouteille pleine qu'elle posa sur la table.

— Il faut soigner le mal par le mal, dit la rouquine en prenant la bouteille et en remplissant les deux verres aux deux tiers.

Elle ajouta des glaçons, donna à Maniké son verre et prit le sien qu'elle leva au niveau de sa bouche.

— Allez, cul sec ! dit-elle gaiement, avant de le siffler d'un trait.

Maniké fit de même, malgré sa toux qui continuait et malgré le goût monstrueux de punaise écrasée dans sa bouche.

— Je trouve ton truc absolument infect ! dit-elle en toussant violemment.

— Moi aussi, je déteste le whisky.

— Alors pourquoi tu en prends ?

— C'est pour éprouver le plaisir du troisième verre et la félicité du septième. Vous savez, je suis merveilleuse au septième verre, demandez donc à la patronne.

Le troisième verre était déjà prêt et il fallait lui faire honneur, comme aux deux premiers. Maniké sentait quelque chose se modifier en elle, un sang nouveau circulait dans ses veines. Elle se sentait plus légère, elle prenait du recul par rapport à son corps, par rapport à l'espace et aux objets qui s'y trouvaient. Un souvenir précis, celui d'Adam, s'était planté au milieu de sa conscience, tout autour il n'y avait que le noir. Ce souvenir accaparait tout ce qui lui restait de lucidité. En dehors de lui, tout le reste n'avait plus d'importance ni de consistance. Même la jeune femme assise en face d'elle n'était plus qu'une forme lointaine, un objet parmi d'autres dans le décor irréel de la salle. Longtemps caché au fond de son être, le souvenir d'Adam renaissait en elle, l'envahissait, l'inondait. Il était là, présent dans chacun de ses gestes, dans chacun de ses soupirs. Maniké était maintenant certaine qu'elle était elle-même et Adam à la fois, la frontière entre la conscience de son propre être et le souvenir d'Adam s'était abolie.

— Jaime un homme, s'entendit-elle dire à haute voix.

Et comme un écho à sa propre voix, elle entendit une voix lointaine, à peine intelligible, dire ces quelques mots.

— La pauvre chérie, elle est complètement partie !

15

Une vie de solitude à deux

Dans le sous-sol de la clinique Casablanca, Adam récupérait rapidement des suites de son opération. Le lendemain de son opération, le chirurgien avait commencé à lui administrer des œstrogènes, «pour arranger la poitrine et créer une gynécomastie artificielle». Adam avait hâte de quitter le souk en noir et blanc et de retrouver Maniké. Cependant, il y avait toujours la même peur qui l'habitait à l'idée de la retrouver : allait-elle le comprendre ? Allait-elle l'accepter dans son nouvel état ? Cette peur rendait l'attente encore plus pénible. Aujourd'hui, il faisait sa promenade dans le couloir, quand il vit son chirurgien venir à sa rencontre.

— Je suis content pour vous, je vois que vous marchez normalement.

— Pouvez-vous me dire quand je vais pouvoir sortir ?

— Vous sortirez cet après-midi. Un androgyne vous attendra à la porte de la clinique.

Un mouvement de joie souleva le corps d'Adam, mais cette joie fut rapidement atténuée par une crainte vague, la peur de l'inconnu.

— Je vais vous apporter vos nouveaux vêtements. Vous les porterez maintenant pour vous y habituer avant votre départ. Mais prenez le temps de finir votre promenade.

Sa promenade finie, Adam retourna dans la salle d'opération clandestine. Il s'assit sur le lit en fer et attendit ses nouveaux vêtements. Il était très excité à l'idée de commencer bientôt sa nouvelle vie. Le chirurgien revint chargé de vêtements et de produits de beauté. Il déposa le tout sur le lit à côté d'Adam.

— Voilà, vous avez tout ce qui vous manquait pour forger votre nouvelle image. Je vous laisse vous préparer. Soyez prêt pour seize heures. Je reviendrai vous chercher.

Il y avait sur le lit une veste et une jupe du même tissu à carreaux, très doux au toucher, un soutien-gorge, une chemise beige en soie, des collants très fins, une ceinture très large en cuir de couleur noire. Il y avait aussi des chaussures à talons pointus très hauts, une gamme complète de produits de maquillage, lait, crème, coton, lotion, déodorant, parfum, boîte de maquillage pour les yeux, pinceaux, crayons, tubes de rouge à lèvres, faux-ongles, faux cils, peignes, brosses, baume fixant pour les cheveux. «Je dois m'y mettre tout de suite si je veux être prêt avant seize heures », pensa Adam. Avant tout, il fallait s'entraîner à marcher avec les deux échasses, ce serait certainement le plus dur. Il les mit à ses pieds, se leva et esquissa un premier pas, il se retrouva presque tout de suite sur le plancher. «Comment peuvent-elles tenir en équilibre sur des choses pareilles ? » Il se releva péniblement, resta un instant en équilibre instable, puis retomba aussi violemment que la première fois. Le lit lui donna une idée. Il décida d'apprendre à marcher en s'appuyant dessus. Il ne retomba plus, mais il se tordit les chevilles plus d'une fois. Il commença vers quinze heures à savoir tenir debout. Il était temps ! Il fallait maintenant se maquiller. Il se rassit sur le bord du lit, ouvrit la bouteille de lotion, en versa une petite quantité sur un coton propre avec lequel il nettoya son visage, prit le flacon sur lequel était écrit "lait de toilette", l'ouvrit et en versa une petite quantité sur le bout des doigts de sa main droite, appliqua sur son visage, en massant légèrement, puis il prit un coton avec lequel il nettoya son visage. Il sentit son visage doux et frais. Du bout des doigts il prit de la crème qu'il s'appliqua soigneusement. Ensuite, il se maquilla les yeux sur un fond de couleur bleu ciel et fixa à ses paupières de faux-cils très longs. Le chirurgien arriva dans la salle d'opération transformée en cabine de maquillage.

— Comment ? Vous vous maquillez encore ? Vous n'êtes même pas encore habillée ! Dépêchez-vous donc.

— Oui, j'ai presque terminé. Venez, aidez-moi à arranger mes sourcils, ils sont trop larges !

Le chirurgien s'empara d'un bistouri sur l'une des tables d'opération, posa sa main sur le front d'Adam dans l'attitude d'un barbier adroit, rasa les sourcils sur les bords, puis sur les extrémités pour n'en laisser que deux arcs très fins.

— Dépêchez-vous, finissez de vous maquiller et habillez-vous, on va partir.

Adam appliqua un crayon noir sur ses sourcils pour en souligner le tracé, mit du rouge à lèvres et un peu de couleur sur ses joues. Il ôta ses chaussures, mit ses collants, enfila son chemisier, puis sa jupe fendue très haut derrière, au milieu des jambes, puis la veste. Ensuite, il boucla sa ceinture.

— Je suis prête, dit-il au chirurgien en remettant ses chaussures.

Adam aperçut au loin, comme un mirage, la silhouette d'Androgyne sous le soleil. Il avait dans ses mains quelque chose qui remuait, une sorte de petit animal

190

vivant. Lorsqu'il fut à quelques pas de lui, le petit chien se mit à aboyer et Androgyne laissa échapper un cri d'admiration.

— Wow, Adam, mais c'est extraordinaire ! Vous êtes merveilleusement belle ! Et plus féminine que toutes les femmes !

Et il tendit à Adam le petit chien qu'il avait sur le bras.

— Prenez-le. Ce ravissant petit pékinois appartenait à Éva.

— C'est qui, Éva ?

— C'est celle dont vous allez prendre l'identité dans la communauté des femmes et qui prendra la vôtre dans celle des hommes... Mais non ! Vous l'étouffez, la pauvre petite bête !

Androgyne s'empara du petit animal pour montrer à Adam comment on porte un petit pékinois sur l'avant-bras.

— Maintenant, prenez-le et caressez-le un peu pour le sécuriser et l'habituer à vous. Voilà la clé de l'appartement d'Éva, dit-il en tendant une carte magnétique à Adam. L'adresse gravée au dos.

— Mais si l'une de ses connaissances me rencontrait ?

— Soyez sans crainte ! Éva ne connaissait personne, elle n'avait que sa mère qui est décédée il y a un mois. Et puis, vous lui ressemblez tellement...

— Et Maniké ? Comment vais-je pouvoir la retrouver ?

— Depuis quelque temps, elle traîne tous les soirs dans les cafés du boulevard 1006...

C'est ainsi qu'Adam, travesti en femme, maquillé, avec un ravissant petit pékinois posé sur l'avant-bras, partit à la recherche de la femme qu'il aimait. Une carte de fin de service lui fut établie au nom d'Éva. Il passa du côté des femmes. L'appartement d'Éva était vaste et meublé avec goût. Le petit pékinois y courut dans tous les sens, s'y retrouvant comme dans une terre promise. Adam ne s'y attarda pas. La nuit tombait déjà et il avait hâte d'aller à la recherche de Maniké. Il laissa le petit chien sur dans sa terre promise et partit à la recherche du boulevard 1006.

La foule des boulevards le happa comme un trou noir et l'entraîna dans son tourbillon. Il n'avait jamais vu autant de femmes ensemble. Il se sentait comme un baigneur dans la mer, transformé en goutte d'eau de mer. Comment retrouver Maniké parmi toutes ces femmes ? De temps en temps, un visage lui souriait, lui parlant un langage inconnu, probablement le langage des femmes, une langue inconnue des hommes. Il arriva au boulevard 1016 et vit un premier café sur le trottoir de gauche. Il décida d'y entrer. Deux armoires à glace l'accueillirent à

192

la porte et commencèrent à mettre leurs mains sur toutes les parties de son corps. Il s'affola : « douteraient-elles de ma féminité ? » Lorsqu'elles lui adressèrent un large sourire en l'invitant à entrer, ce fut comme s'il venait de passer avec succès sa première épreuve de féminité. Il s'attendait en entrant à voir tous les visages se retourner vers lui comme vers une curiosité, mais il put aller jusqu'au bar sans que personne ne fasse attention à lui. Il se fraya un passage pour avoir l'une des serveuses à portée de voix. Il se sentait serré de partout par des corps de femmes. Lorsque l'une des serveuses passa devant lui, il commanda d'une voix étranglée son cocktail préféré.

— Je vous demande pardon ? lui dit la serveuse en penchant la tête vers lui, comme si elle voulait entendre de nouveau sa commande.

— Un quarante-quatre, s'il vous plaît.

— Excusez-moi, dit-elle, mais je ne vois pas ce que vous voulez.

— Apportez-moi donc la carte !

— Tout de suite, madame.

Elle alla dans un autre côté du bar et revint avec la carte qu'elle remit à Adam et attendit pour prendre sa commande. Adam parcourut la liste des boissons, elles lui étaient toutes inconnues.

— Donnez-moi donc ceci, dit-il, en posant son doigt sur une des lignes de la carte, au hasard.

La serveuse se pencha pour voir ce qu'il désignait. Puis elle s'éclipsa un moment pour revenir avec un grand verre en cristal contenant un liquide visqueux et transparent qui avait un arrière-goût de salive de veau. Adam en avala une gorgée qui lui souleva l'estomac : «Qu'est-ce qu'il ne faut pas subir pour être femme ! » pensa-t-il. Il se mit à regarder les uns après les autres les visages féminins qui se trouvaient dans le café. Maniké n'y était pas. Il alla s'asseoir à une table dans la salle et l'attendit en surveillant l'entrée. Les femmes entraient et sortaient, chacune portait sur son visage le signe de son destin. De temps en temps, l'une ou l'autre avait une vague ressemblance avec Maniké, alors le cœur d'Adam s'emballait.

— Bonsoir ! fit une voix d'une très grande sensualité, juste au-dessus de l'épaule d'Adam.

Il resta un moment étourdi. Depuis son opération, il avait acquis une sensibilité accrue à la voix féminine. Il leva les yeux pour voir celle qui lui parlait et eut le souffle coupé. Soho était debout à côté de lui, il se retint pour ne pas crier « Soho ! ». Le reconnaissait-elle ? Elle donnait bien l'impression que oui. «Doucement, ne paniquons pas. Peut-être que ce n'est pas Soho, peut-être s'agit-il d'une autre, mais quelle ressemblance ! »

— Puis-je m'asseoir à votre table ?

— Oui, oui ... bien sûr ... asseyez-vous donc, dit Adam, désemparé.

— Excusez-moi, mais dès que je vous ai vue entrer j'ai ressenti une étrange attirance pour vous. Jamais je n'ai éprouvé une telle attirance pour une autre femme.

— Ah bon ? Et pourquoi moi spécialement ?

— C'est ce que je veux savoir ... Mais qui êtes-vous ? C'est la première fois que je vous vois ici.

— C'est vrai, c'est la première fois que je viens ici. Et vous ? dit Adam en lui jetant un coup d'œil interrogateur.

— Oh moi, je suis une habituée, ou plutôt je fus une habituée, dit-elle en levant ses grands yeux dans un regard nostalgique qui reflétait l'expression du timbre de sa voix.

— Excusez-moi, je ne vous ai même pas demandé votre nom, ne put s'empêcher de dire Adam, avec une impatience à peine voilée.

— Je m'appelle Soho, dit-elle amusée. Et vous, demanda-t-elle comme si elle savait déjà la réponse.

— Je m'appelle Éva, dit Adam, avec dans la voix l'expression étrange d'un être de résurrection.

— Éva... Comme c'est étrange ! Avec vous, j'ai l'impression de rencontrer, sous une forme nouvelle, un être qui a vécu il y a cent millions d'années !

Adam ne l'écoutait plus, il sentait son être se disloquer. Il venait de voir Maniké entrer et se diriger vers le bar.

— Excusez-moi ! dit Adam.

Et brusquement, contre sa volonté, il éclata en sanglots. Son chirurgien l'avait prévenu de ce genre de réaction, il avait inclus la facilité des larmes dans la liste des effets secondaires de l'opération, une liste très longue qui comprenait parmi les effets immédiats la transpiration, une odeur particulière, l'épilation spontanée, la beauté de la couleur, l'appétit, une sensibilité accrue à la voix féminine, l'instabilité, la susceptibilité, l' endurance, la soumission... Soho ne comprenait pas la raison de cette brusque dépression, elle craignait d'avoir blessé Éva sans le vouloir.

— Je vous demande pardon, dit-elle, en prenant la main d'Adam.

— Non, ce n'est pas de votre faute, j'ai seulement besoin de rester seule un moment, dit-il en retirant sa main.

Se sentant indésirable, Soho se leva.

— Je reviendrai demain pour vous voir plus longuement, dit-elle avant de partir, en se dirigeant vers la sortie.

Adam respira, sa stupide crise de larmes avait au moins servi à le débarrasser de Soho. Maniké était debout au bar, un verre à la main, regardant en direction de la salle. Elle avait l'air triste et absent des jours de gueule de bois. « Qu'est-ce qui a bien pu lui arriver ? » se demanda Adam. Il essaya de se lever pour aller la voir, mais tous

196

ses efforts pour se lever restèrent vains. Alors, il leva le bras en signe de détresse, et lorsque Maniké sembla le remarquer, il l'appela par un geste de la main. Elle vint à sa rencontre manifestement intriguée par cet appel inhabituel venant d'une inconnue. Elle arriva à la table d'Adam et resta debout. Comme celui-ci continuait à la regarder, la bouche entrouverte comme un muet, elle demanda :

— Vous m'avez appelée ?

Il acquiesça de la tête. Il avait la langue sèche et les mains moites, il voulait parler, mais c'était impossible.

— Et qu'est-ce que vous voulez ? interrogea-t-elle d'une voix qui trahissait l'impatience.

— Je suis Adam ! dit-il, recouvrant miraculeusement la voix.

Maniké s'effondra sur la chaise la plus proche. Il s'empara de ses mains, les serrant très fort.

— Oui, j'ai renoncé à moi pour toi, j'ai décidé la conjonction de nos corps, la fusion de mon être dans le tien, même s'il me faut suivre la mutation de tout mon corps, être une femme, accepter l'identification féminine de ma personnalité. Je n'ai fait qu'obéir à la fatalité de notre amour...

Il ne pouvait plus s'arrêter de parler. Autant il semblait, il y a un moment, avoir perdu l'usage de la parole, autant il était maintenant une source intarissable de discours.

197

— J'ai voulu mourir à moi-même, mourir d'amour et m'immortaliser en toi !

Maniké, encore sous le choc, continuait à fermer les yeux. Cependant, elle goûtait avec délectation ces paroles fatales. Adam approcha sa chaise de la sienne. Il posa sa main sur son flanc chaud et consentant. Elle ouvrit les yeux et lui sourit, un regard et un sourire de femme loyale.

— Ne me laisse pas seule, murmura-t-elle, en serrant ses mains dans les siennes.

— Je ne peux plus te laisser seule parce que je suis toi. De deux, nous ne faisons plus qu'un !

— Partons ! dit-elle en le prenant par le bras.

À la sortie du café, ils se fondirent tout de suite dans la foule des femmes. Une nouvelle vie commençait pour eux. Une vie de solitude à deux.